偽りの華は宮廷に咲く

和泉　桂

23972

角川ビーンズ文庫

目次

偽りの華は宮廷に咲く
―登場人物紹介―
柏永雪（はくえいせつ）／馬憐花（まれんか）
暘国北の国境付近の寒村、
牟礼で暮らす少年。
凄腕の碁打ちの父と
ふたり家族だったが、
国王暗殺未遂で父親が処刑され、
真実を知るべく宮女「憐花」として
宮廷に潜り込む。

しょう ゆう えん
祥憂炎

三品の官位を持つ若き宰相候補。
有力貴族の祥家出身で、
姉は妃嬪でもある。
市井でも有名になるほどの美貌で、
国王陛下の幼馴染みでもある。

ぎょう ひ てん
暁飛天

後宮の劇団の戯作者。
口髭と顎髭をたくわえた、
妙に顔立ちの整った男。
なぜか妃嬪の一人、
祥妃と面識があるらしい。

しょう か う
蕭夏雨

薬園づきの少年宦官。
書物庫づきに異動になり、
憐花と親しくなる。
どんぐり眼をきらきらさせた、
素直で優しい少年。

しょう ひ　しょう ほう き
祥妃 / 祥宝姫

愛らしく美しい、
身分による差別をしない
賢さと優しさを兼ね備えた
憂炎の姉。
三人目の妃嬪。

本文イラスト／未早

序

暘国の北の国境に近い牟礼の村は、五十戸ほどの集落がいくつかまとまって共同体をなしている。このあたりでは木造の質素な家々が、金色の穂を揺らす小麦畑のあいだにぽつりぽつりと建てられていた。

大国の鳳との国境になる山脈は険しくそびえ立ち、最高峰である天涯峰はまさに天を衝くほどの標高で、尖ったような山頂は秋の訪れから春の終わりまでずっと雪を被っている。言い伝えでは、雲の上から天涯峰の山頂に神が龍に姿を変えて降り立ち、そこから暘国を一望したと言われている。

今も、あの高峰には龍が住むそうだ。

時には一つの国を焼き尽くすほどの威力を持つ龍だが、彼は花をこよなく愛す。美しい花がこの世界に咲き乱れる限り、世は安泰なのだとか。

雪は花を惜しむ龍の涙で、暴風はため息と噂される。今年は龍が暴れることもなく、何とか平穏な一年が過ぎた。

「はあ……」

柏永雪は高峰を見つめながら、白い息を吐き出した。

漸く、長い冬が終わりに近づいていた。

今や分厚い氷がかなり溶け、そこかしこに春の気配が漂う。

春になれば、父が帰ってくる。

ここ、牟礼の村は暘の国でも辺境に位置している。

暘では複数の集落を束ねた一群が村と呼ばれ、村の集合が郡、そして郡をまとめたものは県となる。この牟礼は貧乏な寒村で、男たちの多くは冬場は鉱山に出稼ぎに向かう。その稼ぎで、翌年の種やら何やらを買うのだ。しかし、永雪の父である柏懐宝の行き先は少し変わっていた。

彼は凄腕の碁打ちであり、あちこちで囲碁の勝負を挑み、そこで金を稼いでくるのだ。得た金を自分のためだけでなく、自分がいないあいだに村の仕事をあれこれやってくれる隣人たちのために遣うので、父は皆から感謝されていた。

永雪にとって、懐宝は誇りだった。そんな父が、そろそろ帰ってくるはずだ。

一度家に水を置いた永雪は、村の大門へ向けて歩きだす。

日暮れが近いし、早くしなければ間に合わない。

「懐宝のお出迎えかい！」

「今日じゃまだ早えんじゃねえのかねえ」

あたりを行き交う村人たちに声をかけられ、永雪は「一応」とはにかんで答える。

上は筒袖の短衣、下は裾が二股に分かれてしゅっとした褌を身につけるのが庶民の暮らしぶりだ。夏も冬も同じで、冬は毛皮を重ねる。幸いこのあたりは狩猟ができ、良質の毛皮が手に入るからだ。服は一枚しかないので、擦り切れるまで着る。

「そうだな、迎えにいっておやり」

「はーい」

牟礼は小さな村で、街道を逸れてまでわざわざ立ち寄るものはいない。

「今日もまだかなあ……」

そうしているうちにぐんぐん陽が落ちてきた。いい加減村に戻らなくては、野生の動物たちが徘徊して危なくなる。

そろそろ帰ろうと考えたき、道の奥に、黒っぽい人影が見えた。

「父さーん！」

声を上げながら大きく手を振ると、男がぶんぶんと右手を振り返してくれる。

やはり、あれが懐宝だった。がっしりとした体格の懐宝は、疲れているようだったのに、足取りが途端に軽くなった。

「ただいま、阿雪」

身を屈めた懐宝が、両手を伸ばしてぐりぐりと永雪の頭を撫でた。

「お帰りなさい！」

「元気にしてたか？　ほら、お土産だぞ」

「なあに？」

　手早く父が出した茶色い陶器の瓶は蓋がされているが、何だろう？

「砂糖漬けだ。果物の砂糖漬けは珍しいだろ？」

「わあ！　高いんでしょう？」

「そりゃ高いけど、一人息子への大事なお土産だ。それに、父さんの囲碁の腕はこの国一番だからな」

　懐宝は胸を張る。

「ねえ、俺にも碁を教えてよ」

「どうしてだ？」

「父さんみたいに、お金を稼ぎたいんだ。そうしたら、こんなところでしけた暮らしをしなくていいし」

「……阿雪」

　懐宝は不意に真顔になって、永雪の両目を覗き込んできた。

「そんなことを言っちゃいけないよ」

「どうして？」

「碁打ちの中には、命を賭けてまでおまえに挑むやつも出てくるだろう。おまえはそういう相手にも、きっと情をかける。勝負に非情になれないやつは向いてないんだ」

「そっかあ……」

　よくわからないまでも、確かに勝負ごとは苦手なので、納得ができた。

「そのうえおまえは顔が綺麗だからな。目が大きくて猫みたいだ。それじゃ舐められるし、厄介のもとになる」

「でも俺、父さんみたいに宇宙を手に入れたいよ」

「ああ……そうだな。碁盤は宇宙って話したっけ。けど、おまえには碁盤はただの四角い升目にしか見えないだろ？」

　そう言ってから、懐宝は声を立てて笑った。

「ま、おまえの身の振り方は、そのうち、呉師父が何か考えてくれるさ。おまえは、おまえに合ったやり方で宇宙を手に入れればいい。ちゃんと勉強に通ってたんだろうな？」

「うん！」

　呉師父は変わりものの老人で、こんな田舎で子どもたちに勉学を教えているもと宦官だ。蓄えもほとんどないが、謝礼に持ち込まれる食料で細々と食いつないでいて、報酬らしい報酬はほとんど受け取らない。

「それに、この村は薬草が採れる。何かあったら、おまえは薬師になればいい」

牟礼は北の土地なので、作付けできる作物が限られている。そのため、近くの高山に生える珍しい薬草を配合し、薬を作る技術を持ち合わせていた。

それらのおかげで、村人は厳しい環境でも何とか生き延びられている。

「……そうだよね」

「よーし、帰ろう」

「はーい！」

父と連れ立って家路を辿る。夕陽が背中を照らし、長い影が足許に伸びている。

ささやかだが、これが自分の思い描く幸せだ。

永雪はそんな日々が、永遠に続くと思っていたのだ。

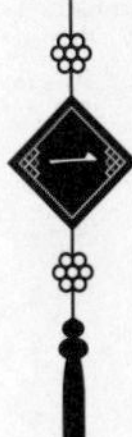

「永雪！　永雪！」

どんどんと誰かが戸を叩いている。

「……？」

夢、だろうか。

「永雪、起きろ！」

やはり、自分を呼んでいる。

盗人か何かだろうか。

布団の上で身を起こした永雪は一瞬首を傾げたものの、盗まれるような金目のものは、この家には存在しない。

立ち上がって戸口へ向かい、そのつっかい棒を取り除くと、すぐに戸が開いた。

「永雪！」

「村長さん……？」

飛び込んできたのは、牟礼の村長だった。

「どうしたんですか、何かあったんですか？」

「懐宝のことだ」

「父さん？」

まだ、春は遠い。

麦の穂が金色に揺れる秋は短く、刈り取りが終わると冬になる。

冬の訪れとともに旅立った懐宝の帰宅まで、少なく見積もっても二月はかかるだろう。

そうでなくとも、彼が今回出かけた先は遙か向こうの都だった。

都はもっと南のあたたかい場所に位置し、徒歩であれば二週間は要するそうだ。

そこには国王陛下と貴族が暮らしており、この国の政治を決めている。都はたいそう煌びやかなところだそうで、かつてそこに住んでいた呉師父が都の風景画を見せてくれた。

それは既に色褪せていたが、子どもたちを驚かせるには十分だった。

「よく聞け、永雪よ。落ち着くのだ」

「はい」

「懐宝が死んだ」

「……え？」

まるで、世界中の音が消え失せたかのようだった。

ばくん。ばくん。ばくん。

自分の心臓の音しか聞こえない。

「な、んて……？」

沈黙の中で永雪の掠れ声だけが響き、世界に音が戻ってきた。

「おまえの父親が死んだ。処刑された」

「どうして、ですか？」

父一人子一人の暮らしで、懐宝は苦労しつつも男手一つで永雪を十四の歳まで育ててくれた。

「恐れ多くも、国王陛下を暗殺しようとしたらしい」

「そんな……」

言葉が途切れた。

そんなはずが、ない。あの懐宝がそんな兇行に走るわけがない……！

暘において天子は天命を受けて王位を与えられるが、天に見放された王は天に誅されることもある。そうして新しい王が即位することは、これまでの歴史でもあったと習った。

だが、父はしがない農民だ。

政など寒村には届かず、国王はただ税を納めるための相手でしかない。税が高いと零してはいたが、懐宝は王を殺して位を簒奪できるような器は持ち合わせていない。優しいだけの父に、斯くも大それた所行はできないと断言できた。

「父さんが暗殺なんて……嘘です。絶対にあり得ません！」

都である暘都では、国王陛下に仕える貴族をはじめとして、商人や庶民、合わせて十万の民が暮らす。懐宝を手紙で呼び寄せたのは都の貴族だが、面識はないはずだ。それでも高額の指導料をもらえるということで、懐宝は嬉々として旅立った。

「わかっているとも。わしとて、あいつに限ってあり得ないと思っている」

村長はどこか悔しげな口ぶりだったので、永雪はほっと胸を撫で下ろした。いつも率直な彼が、嘘をついているとは思えなかった。

「懐宝はこの小さな村を何よりも大切にしていた。稼ぎを独り占めだってできたし、都で暮らすこともできたろう。だが、あいつは自分の富を、村の人々に分け与えてくれた」

貧しい牟礼の村では、冬のあいだは女は家で内職し、男は鉱山に行くか猟に出る。雪が溶け始めるとすぐに水路や橋の補修にかかるため、男手は年中必要だ。村の大事な行事に参加できない詫びとして、懐宝は稼いだ金の大半を村人に気前よく分配し、あるいは補修の費用に遣ってしまう。その貢献ゆえに、懐宝の行動が皆から許されていたのだ。

懐宝は生まれ育った牟礼の村を愛し、碁に至上の喜びを覚える人物だ。

彼が憂国の士であるとは、到底考えられなかった。

「何も、わかりません。俺には何も……」

混乱した永雪が視線を落とすと、村長はその細い肩に両手を載せた。

「永雪。わしらは懐宝とおまえの味方だ。だが、よく聞け」

「はい」

「都から、おまえの処刑をせよとの命令が来てしまった。誰であれ陛下に叛逆を示したものは、一族を皆殺しにされる。そういう決まりなんだ」

村長は悔しげな面持ちだった。

「どうして……、こんなことが……俺……わからない……」

立ち直れない永雪の肩に載せた手に、村長はぐっと力を込める。

彼の掌は、あたたかく力強く、父の大きな掌を思い出させた。

「わしにも、それはわからぬ。一つだけはっきりしているのは、おまえに弁明の機会はないということだ。だから、まずは逃げよ」

「ど、どこへ？　うちは親戚だっていないのに」

「ここは呉師父に相談しろ。あの方は宮廷についてよく知っている。何か抜け道を教えてくれるかもしれん」

永雪から手を離し、これを見せよ、と村長は懐から出した紙を渡す。これが、おそらくは手配書なのだろう。

「…………」

「すまぬ、急ぐつもりが思いがけず長くなってしまったな」

俯いた永雪の手を強引に取り、村長は何かを握らせる。小さな布袋で、中には固いものが入っている。金だろうか。

「死ぬな」

端的な言葉が、永雪の胸を抉った。

「理不尽で死んではならん。永雪、おまえは生きろ」

何も言えない永雪は、自分の手の中の袋をじっと見つめた。

「これはわしらからの礼だ」

「礼って？」

「懐宝のおかげでこの村は、冬でも飢えを知らぬ強い村に変わった。その礼に、わしらはおまえのふるさとを守り続ける。だからおまえは、おまえの命を守れ。そしていつか、ここに胸を張って帰ってこい」

「――はい……」

何一つ思いつかないまま、それでも、永雪は頷いた。

「よし。では行け。夜が明けたら、陛下の使いが来る。おまえがやることは、わかったな？」

「でも、そうしたら村長さんたちが酷い目に！」

そんなことはあってはならないと、永雪は声を上擦らせた。

「いいんだ」

「よくないです！」

「平気だという意味だ。陛下の兵士は、おそらく数人。

「我々全員が知らぬとのらりくらりとしていれば、何もできんだろうよ。わしらは弱いけど、数だけはたくさんいるからな」

「……はい」

村長が数の力を頼りに反発してくれるというのなら、それに賭けるほかない。

「支度ができたら、すぐにでも行け」

「わかりました。ありがとうございます」

「さらばだ、永雪。身体を厭えよ」

「はい！」

村長が足早に立ち去ったあと、永雪は自分の身なりを確かめる。

まず、動くのに邪魔なので長い髪を一つに結わえる。

普通は農村の男たちは髪を短く切るが、子どもの髪は質がよく、都では高値で売れる。そのため、近隣の村では成人前の子どもたちは髪を伸ばし、それを売るのが常だった。

着物は今着ている服くらいだし、手許に置いておきたいものは父が大事にしていた碁石くらいしかない。だが、それすらも彼が旅路に持ち出してしまっていた。

何にも、ないや……。

自分が十四年を過ごした証は、ここに何一つない。

毛皮を羽織って家を飛び出した永雪は、呉師父の家へ急いだ。丘の上で一度振り返ると、自分の家はどうにも粗末でみすぼらしい。

けれども、どれほど貧乏でも、あの家こそが自分を育んでくれた大切な場所だ。ここは愛着のある、父と暮らした故郷なのだ。

そこから逃げ出せというのは、あまりにも理不尽じゃないのか。

——行かなくては。

夜明けまであと数時間。それまでに村を出て、どこかへ逃げなくてはいけない。

だが、しんしんと雪が降るこの冬枯れの大地では、身を隠せるような場所はほとんどない。いったいどこへ行けるのか、見当もつかなかった。

雪で沓はすっかり濡れてしまい、足先がかじかんでいる。手も同じで、手袋はもうほとんど役に立っていなかった。

村はずれに位置する呉師父の家は、相変わらずの荒ら屋だった。街道からも離れており、昼間に生徒たちが通うのもやっとの有様だ。

冷たい冬風に身体の芯まで凍えそうだ。

半狂乱になって戸を叩くと、不審げに「誰じゃ」という声が向こうから聞こえる。

「俺です。永雪です」

「何じゃと？」

つっかい棒を外し、木戸が開いた。

「どうしたのじゃ、永雪。こんな夜更けに」

さも眠そうな腫れぼったい目をこすりつつ、それでも彼は永雪を迎え入れてくれた。

永雪は呉師父が授業を行う広間ではなく、彼の住居に通された。寝床の周囲には何冊もの書物が積み上げられていた。もちろん、書物は貴重なもので、いずれも彼がわざわざ都で手に入れて持ち帰ったものだそうだ。

師父は近隣の町に知り合いがいるとかで、時折、こうした書物を交換しに出かけていく。いくつになっても探究心の旺盛な呉師父は懐宝とどこか似ている。実際、懐宝と呉師父は歳は離れているが普段から親しく、囲碁の相手を求める懐宝はしばしばここに入り浸っていた。

「——父さんが都で死んだんです」

「何じゃと？　病気か？」

「これを」

永雪が震える手で渡した紙を、師父は急いで広げた。

「なになに……懐宝が恐れ多くも陛下に碁の指南をする機会を狙って、暗殺を企てたと⁉」

「そうらしいです」

手紙を読む暇はなかったので、内容の確認は師父に任せてしまったが、彼は授業を行うために口頭で読み上げるのが習い性になっているので、こちらも内容がわかってちょうどよかった。

「馬鹿馬鹿しい！　あいつはそんな大それたことを企む男じゃないわい」

師父はすっかり憤慨し、声を荒らげた。

「わかってます。だから……だから、悔しくて」

永雪は自分の掌を握り締め、爪を立てる。そうでなくては、理不尽な怒りを師父にぶつけてしまいそうだった。

「いずれにしても、朝にはおまえを捕らえにくると村長が言ったのだな？」

「……はい」

永雪は険しい面持ちになって項垂れた。

「忌々しいが、それは仕方あるまい。懐宝は気の毒じゃが、謀反人は一族郎党を皆殺しにするのが決まり。十二分な詮議をなされなかったようなのが気になるが、庶民相手なら詮なきことだ」

「でも！　一族を全員死罪に追いやるような大きな罪です。ちゃんと裁きが行われたかもわからない。そんなに簡単に決められてしまうのでしょうか……」

「証拠もでっち上げられたのだろうな。死人に口なしで、こうなっては村長も断れまい。だからおまえを、一刻も早く逃がしたいのだろう」

「やっぱり、逃げなくちゃいけませんか」

それは、父の愛した村を捨てなくてはいけないという意味だ。

「逃げなければ、死ぬ。まさに無駄死にだ。村長だって、おまえのために危険を冒したのだ。がっかりするだろうよ」

「そうだけど」

永雪は朱唇を噛み締める。

生まれてこの方、牟礼から出たためしがないのだ。どこかへ逃げ延びよと忠告されたところで、行き先など思いつくわけもない。

「おまけに、ただ逃げるだけでは、だめだ。一度決めたなら、絶対に逃げ切れ」

「どうしてですか？」

「おまえを逃がしたと兵士に知られたら、村長や村人が咎を負う。だが、おまえがいつ逃げたかすらわからないと答えれば、村長たちは無罪放免となるだろう。つまり、おまえが速やかに逃亡できるかが肝要だ」

そこまでの覚悟で、あの人のよさそうな村長は自分を逃がしてくれたのか。

寒村だが、ここにはあたたかい人と人の結びつきがあった。人口が少ないものの、お互いを尊重する文化がある。それは、かけがえのないものだった。

「でも、俺はここ以外は全然知らないんです。隣町のことだってわからない」

「だから、村長はわしのもとへやったのだろう。しかし、行き先はおまえ次第じゃ」

「え？」

意外な言葉だった。呉師父が決めてくれるのではなかったのか。

「半端はだめだ。それこそ、隣町に逃げるくらいでは無意味じゃ。では、郡都にするか？　必ず手配書が回る。県都でも怪しい」

「じゃあ、国を出るとか？」

「国境の警備は厳重じゃ。金も備えもなければ、その前に捕まる」

師父はあっさりと言い切った。

「全然、思いつきません……」

彼はふっと笑い、すぐに真顔になった。

「わしはただのおいぼれじゃが、これでも宦官のはしくれ。宦官としてここまで生き残ったからには、それなりのつてはある」

「はい」

「おまえは器量がいいから心配だが、まあ、いっそ南方にでも行けば問題はなかろう」

南方の土地は、暘都を越（こ）えて更（さら）に遠くだ。確かに、そこまで追っ手は来ないだろう。

「何もなかったものとして、ですか？」

「それはそうじゃ」

何も、なかった。

父が殺されたとしても、それすら目を瞑（つぶ）る。

──そんなことが、できるのか？

十四年間、自分を育ててくれた父親。唯一（ゆいいつ）血の繋（つな）がった肉親をわけもわからぬままに殺されて、それでも見過ごせと？　水に流せと？

そんな……そんなの……あっていいはずがない！

「──俺は、嫌（いや）だ」

永雪は押し殺した声で呟（つぶや）いた。

「なに？」

「嫌だ！」

今度ははっきりとした声になり、がばっと顔を上げて老人の皺（しわ）の深い顔を凝視（ぎょうし）した。

「せめて、父さんがなんで死んだか知りたい。父さんは、陛下への謀叛（むほん）を考えるような人じゃない！」

「永雪、落ち着くのじゃ。おまえらしくない」

「俺らしいって何ですか⁉　親を殺されてるのに、口を噤むなんて……俺は嫌だ！」

「本当に知りたいのか？」

呉師父が尋ねる。

「当たり前です！」

「やれやれ。おまえは同じ年頃の子どもよりも大人びて、しっかりしたやつだと思っていた。だが、わしの見込み違いだったようじゃ」

「……申し訳ありません」

落ち着きを取り戻し、永雪は項垂れた。師父に詰め寄るなんて、恥ずかしい真似をしてしまった。

「いや、違う。おまえがわしの期待に背いたわけではない」

永雪の両肩に手を置き、呉師父は首を横に振った。

「わしは……嬉しいのじゃ」

「え？」

「この国の人々は、皆、お上に飼い馴らされている」

「………」

師父は、いったい、何を言いたいのだろう。

「誰もが、おかしいことをおかしいと思わない。仮に疑問を抱いたとしても、口にできない。心に鍵をかけられ、舌を凍らされているのじゃろうな。だが、おまえはそれが嫌だと言った。おかしいと言った。その勇気こそが、今の民草に必要なものなのじゃ」

「でも、勇気だけじゃ何もできません。俺が一人で吠えたって、殺されるだけでしょう」

「人の志を舐めてはならぬ」

志——。

胸を熱くする一語に、永雪は目を見開いた。

「おまえがその心を持ち続ければ、あるいは、天命が下るかもしれぬ。泥の中から生まれたものであろうと、地を這うものの望みであろうと、それでも、志というのは気高い。志さえ貫けば、いつかきっとおまえの願いも叶おう」

熱っぽく言い切られたが、永雪としては懐疑的だった。

呉師父は宮廷での権力闘争に敗れ、この村に逃げ延びた人物だ。彼の言葉は理想的なものばかりで、現実に即していないかもしれない。

「志だけじゃ、お腹は膨れないでしょう」

「そうでもないぞ。手始めに、都へ行け」

思いがけない師父の提案に、永雪は目を瞠った。

「えっと……何をしに？　人を集めて革命を起こすとか？」

まだ自分は十四歳だ。あと二、三年も経てば妻を娶るとはいえ、家庭を築くのと革命を起こすのとでは大違いだ。

そのうえ、仲間がいない。永雪の友人は、忍耐強くおとなしい連中が大半だ。永雪は弁が立って面倒くさいと言われることが多かったので、なるべく黙っているように心がけていたくらいだ。

「それは無謀じゃ」

静かに窘められ、永雪はむっとする。

「じゃあ、何をしに？」

「父親が亡くなった理由くらい、知っても罰は当たらないはずじゃ。そのうえで、おまえは己の志をどう活かすか決めればよい」

「都に行けば、父の死因がわかりますか？」

永雪は思考を巡らせたが、師父の真意は見えてこなかった。

「無論、ただ行くだけでは意味がなかろう。策がなければ何もなし得ぬ。おまえなら、都で何をする？」

「まず、父を呼んだ貴族を捜します」

「貴族一人一人を訪ね歩くつもりか？」

都には名門貴族がそれこそ何十家と暮らしている。分家もあるだろうし、いちいち訪ねても取り合ってもらえないだろう。

「食堂とか、貴族が多く集まる場所はないんですか？」

「たいていの貴族は家にお抱えの料理人がいるから難しかろう。だが、一年中貴族が集う場所がある」

「……もしかして、宮廷？」

「うむ」

呉師父は深々と頷いた。

「けど、俺が宮廷に入るなんて……そうか！　宦官になるんですね！」

「違う」

あっさりと否定されてしまい、永雪は首を傾げた。

「え？　だって、師父は宦官でしょう」

「宦官になるためには、去勢して自分の身体に取り返しのつかない負担を与えることになる。それではおまえがことを成し遂げたとき、宮廷でしか生きられなくなる」

言われてみれば、一時の激情だけで宦官の道を選ぶのは得策ではなさそうだ。

「それじゃ、どうやって」

「宮女になれ」

「……は？　俺が⁉」

宮女とは、宮廷で働く女性を指している。

一月ほど前にこの村にも宮女を募集するお触れが届いたが、そうでなくとも人手不足の村では、一度都に行って帰ってこない宮女など、出す余裕がなかった。

「女装しろってことですか？」

「うむ。おまえは見目がよいから、成長して男らしくなるまでは宮女もできるだろう。そのあいだに父親の死の真相を探り出せ」

果たしてそんな真似が、可能なのか。

「確かに、髪は伸ばしてますけど……」

「昨日まで、わしが遠出していたのは知っているだろう？　隣町でも宮女になるものがおらず、しつこくなり手を募っていた」

「でも、宮女って後宮に入るんですよね？　すぐにばれちゃいます」

さすがの永雪でも、後宮が存在する理由は学んでいる。しかし、師父は薄く笑みを浮かべた。

「安心せよ、さすがに教養のない村の娘では後宮には入れんよ。宮女はただの下働きで、掃除や洗濯が仕事だ。陛下どころか、大臣、いや、下級官吏にすら目通りが叶わんだろう。だが、万に一つも可能性はあるかもしれない」

「どっちにしたって、無理ですよ！」

「そこをどうにかするのがおまえの才覚じゃ」

そんな無責任な。

「いずれにせよ、わしに手伝えるのはそこまでだ」

「…………」

「宮廷は危険なところだ。けれども、おそらくこれ以外に懐宝の一件について知る手段はあるまい。どうする？」

無茶だ。あまりにも無謀すぎる。それじゃ、この村で処刑されて死ぬか、宮廷で処刑されて死ぬかの違いにすぎないじゃないか。

どう考えても、無茶な計画だった。

とはいえ、いくら何でも犯罪者の子どもが宮廷に潜り込んでいるとは誰も思わないはずだ。

――勝算は、ないとはいえない。いや、あるのではないか。

「わかりました。だったら行きます。師父、どうか俺を手伝ってください」

「よかろう。だが、さっき言ったとおりに刻限を念頭に置くのだ」

「え？」

「おまえは春で十五になる。声変わりはするし、喉仏も目立つはずだ。後宮でなくとも、宮女たちの住み処に男がいれば大問題だ。怪しまれぬように振る舞えるのは、せいぜい一年やそこらだろう。たとえ成果が出ていなかったとしても、宮廷から逃げ出すのだ」

「はい」

師父の言うことはもっともで、仕方なく永雪は頷いた。

「それから……名前も変えねばならぬな。雪中松柏にちなんで私がつけたが、永雪では雄々しすぎる。そうだな……うむ、憐花と名乗るがよい。憐れという字に花だ」

「…………」

永雪が目を瞠ったのは、その名前に覚えがあるからだった。

「母さんの、名前……」

「そうだ。そしてこの名は伝統があり、おまえにはふさわしい」

「師父がそうおっしゃるのなら」

厳しい雪の中であっても色を変えない松や柏のように、己の志を貫けという意の名を永雪は気に入っていた。

「花を憐れむのは人の行い。己の意味を決めるのは、己の行いじゃ」

諭すような師父の言葉は、胸に染みてくる。

「では、出かけるぞ。夜明け前に出なくては、追っ手に捕まってしまう」

「はい」

「よいか。生きていればどんなこともできる。それを忘れるな」

もしかしたら、呉師父に会うのは今日が最後かもしれない。

「ありがとうございました。このご恩は、一生忘れません」

たとえもう二度と会えなかったとしても、教わったことは消えない。

それこそが、師の教えだ。

芽生えた小さな志は、これから自分の心に、脳に、魂に刻まれるのだ。

「ああ、憂炎様だ」

「相変わらずの優雅さだな」

こうして宮中を歩いているだけでそんな声が耳に届くので、祥憂炎は右に左にと聞き流す。時たま廊下で控える宦官と目が合えば微笑むが、その程度で頰を赤らめてくれるのだから、彼らは単純だ。

第一、同じ男の微笑みなど嬉しいものなのだろうか？

「憂炎」

廊下を急ぎ足で進んでいた憂炎は顔を上げ、前方の人物の姿を認めて一礼する。

玉簾をくぐってやって来たのは、この国の国王陛下である蘭隆英だった。

隆英と憂炎はともに二十二歳で、五つの歳から幼馴染みのように育ってきた。

だが、今や互いの立場は天と地ほどに違う。

ほかの大臣と打ち合わせるためにやって来た憂炎は地味な黒い袍に身を包み、髪を結っていた。この色は、憂炎が三品の官位を与えられているのを意味する。

「本日もご機嫌麗しゅう」

「おまえも元気そうで何よりだ」

対する隆英が身につけている黄色の絹の長袍は、襟から足許にかけて龍がのたうつ。北の国境にある天涯峰から国を見下ろすとされる龍が画題だろうが、隆英はそこまでは考えていないだろう。

一針一針心を込めた細かな刺繍がなされ、糸の色味を微妙に変えて龍の鱗の凹凸を表現している。刺繍は宮女たちが手がけたもので、国王しか使えぬ色と文様だ。多忙な隆英にしては珍しく謁見もない日なので、彼は頭に巾を被っていた。

彼の後ろからは宦官がつき従い、螺鈿を施した盆を両手で抱えている。宦官が持っている盆には書物が積まれており、どうやら、隆英はこれから読書に耽る予定のようだった。

「どうなさいましたか、陛下」

「忙しそうだな」

「そろそろ宮女たちがやってくる季節ですので、いろいろと手配に追われています」

「宮女?」

憂炎の言葉に、隆英は不審げな面持ちになる。

「あれは宮殿の中の面倒を見るものたちだろう? おまえに何か関係あるのか?」

「今年はいつもよりも宮女のなり手が少ないらしく、問題になっているのです。それで、どうにかならぬものかと財部のものと話しておりました」

財部とは国の財政を司る部署で、大勢の官吏と宦官が働いている。彼らがいなければ、今や、暘国は回らない。

頭を下げたまま憂炎が言うと、隆英は「顔を上げよ」と促した。

「なぜだ? 働き手が余っているわけではないだろうが……」

この宮廷の主でありながら、隆英は仕組みをあまりよくわかっていない。

宮女たちは王の代替わりのたびに集められ、王が退位するまでここで暮らす。給金は高いとはいえないが、衣食住の保障がされているのが利点だった。

彼女たちは掃除や裁縫に明け暮れ、国王や妃の衣装、部屋で使う調度品などを作るのが仕事となる。結婚して出ていく女性もいるが、たいていは独身で生涯を終える。彼女たちが各地方から満遍なく募集されるのは、安全上と政策上の理由からだ。地方の有力者に情報を送られたり、あるいは、そうした連中の手下がまとめて入り込んで宮中で騒乱を起こしたりという事態を防ぐためだった。

しかし、斯くも厳格にしてしまうと、有力者は娘が宮女になっても旨みがない。宮女から後宮に取り立てられる機会はほとんどないし、掃除と刺繍に明け暮れていては貴族に見初められるきっかけもまずないからだ。

特に地方の有力者にとっては、娘を宮女にするよりはほかの家に嫁がせたほうがましとなってしまう。結果として、先代の国王が即位した頃からは宮女の質の低下が囁かれており、それは今回も同じだろう。地方によっては、なかなか宮女の数が揃わないようで、苦戦しているらしかった。

宮女に旨みがないと正直に述べるのは、さすがに憚られる。もちろんそれは隆英とて認識しているだろうが、それを言語化するのはまた別の問題だ。憂炎はわずかに考えてから、

「親許を離れたくないものも多いのでしょう」と答えた。

「なるほど、孝行者揃いなのだな」

少しばかり優しすぎる隆英は、淋しげに目を伏せる。

「そなたの言うとおりだ。あえて宮女となったものたちには手当てを弾み、可能な限り給金を増やしてやれ」

「給金は限度がありますが、先ほど申しあげたとおり支度金は増やします」

「うむ」

それくらいはかまわないだろうと、憂炎は軽く頭を下げた。

「それから、お妃選びの件もお忘れなく」

「また、それか。余には月桂がいるし、妃嬪はほかに三人もいるではないか」

隆英の正妻は史家から娶った月桂皇后で、聡明で美しく御身は常に馨しいと囁かれる。

「それでは足りません。王族の力を盤石にするには、子孫が必要です。王を支えるのには、貴族では心許ないのです」

「……わかっている」

隆英の足許が盤石といえないのは、父の代で政争の末に相次いで兄弟が世を去ったためだ。その影響は隆英にまで及び、薄氷を踏むような状態だった。

子孫は多いほうがいい。

彼らが相争う可能性はあるものの、賜に危機が起きれば助け合うこともあろう。

貴族の史家、薫家、謝家。史家が多少は先を行くが、実質的には三すくみだった。一応は憂炎の実家の祥家も次に続くものの、貴族はほかにも何十家と控えている。

「しかし妃が増えれば争いも増す。余は、それが嫌なのだ」

「それでも、です」

どうあっても争いを生まない状況など、作りようがない。跡取りがいないよりは、争いのほうがましだろう。

「面倒ではあるが、善処しよう」

隆英はどこか憂鬱そうな面持ちで頷いた。

「それにしても、おまえだって妻を娶っていないだろう。そのおまえに説かれるのはな」

「陛下に世継ぎが生まれなくては、私も安心できぬのです」

婚姻は親からも急かされているが、憂炎にも理想がある。

自分に付き従うのではなく、ともに歩む女性と添い遂げたい。しかし、世の女性はしとやかすぎて、憂炎には物足りないのだ。

己の理想のために焔の如く生きる烈女というのは、なかなかに珍しいらしい。

「……なるほど」

「とにかく、今年の宮女が働きものであることを望みましょう」

「そうだな」

隆英には言っていないのだが、今年は宮女の数を例年より少しばかり減らしている。どのみち妃嬪が少ないのであれば、少々宮女が不足していても何とかやりくりはできる。それで経費を削減して支度金を増やすつもりだった。

いずれにしても、宮廷からこの国を変える。それが憂炎の目下の目的だった。

ごとごとと馬車が揺れている。

屋根も壁もある木製の箱馬車で、小さな窓が左右に一つずつ設置されている。さすがに少女たちばかりでは盗賊に襲われたらひとたまりもないからか、護衛の騎兵も数名、従っている。

牟礼から暘都に向かう街道は、ひたすらに悪路だった。

永雪は呉師父の命令どおりに少女に扮し、新たに手に入れた赤っぽい裙を着込んでいる。

半日歩いて辿り着いた隣町はびっくりするほど大きく、永雪が一日二日身を潜めるには十分だった。村長の託してくれた路銀を使って市場で古着を買い、呉師父は昔からの知人の宦官に頼み、永雪の偽の身上書を作らせた。そして、町役人を通じて宮女として都に送るよう手配した。どうも予定どおりの人数が集まらずに困っていたようで、審査はすぐに終わり、永雪はこうして呆気なく馬車に乗り込めた。

時間にして、わずか二日。

呉師父とはそこで別れ、永雪の冒険が始まったのだ。

もともと永雪は痩せぎすだったが、北の土地は栄養が行き届かずに細い女性が大半だったので、その点は問題がなかった。

そのうえ、少女用の衣の長い裾は身体の線を隠してくれる。髪を女性用に上手く結えないためにぼさぼさで、顔も旅で薄汚れたままだったが、永雪の顔が整いすぎて目立つというのが呉師父の見立てだったので、人混みに紛れられるのは有り難かった。

絶え間ない振動で永雪の肉づきの薄い尻はいつも痛み、見られるわけではないが、おそらくところどころ痣でもできているのだろう。おまけに馬車での移動に慣れないので、最初のうちは馬車に酔うことが多かった。痛みよりも悪心のほうがきつかったが、それでも、三日も経てば馴染めた。

馬車には座席がなく、二十人近い少女たちがぎゅうぎゅうに詰め込まれていた。

永雪は一人で常にぽつんとしていたが、同じ町からやって来る少女もおり、彼女たちの会話はほぼ丸聞こえだ。

「だからね、憂炎様っていうのが本当にお美しいらしくて……」

「憂炎様って男性でしょう？」

「男性でも変わりないわよ。お姉様の祥妃様に似ていらっしゃるのかも」

中には宮廷の情報に詳しい少女が同道しており、聞くともなしに宮廷の勢力関係を学んでいた。

どうやら今の国王陛下である隆英の立場はあまり強くなく、月桂皇后や妃嬪の一族が力を増しているらしい。いずれは外戚として力を振るうべく虎視眈々と狙っているが、王子が生まれていないのが問題のようだった。妃嬪の一人である祥妃という女性の話題はよく出てきたので、注目されている人物らしい。妃は姓の下に妃をつける場合が多いが、ほかにも美点などが呼び名としてつくこともあるという。とかく、宮廷というのは難しい。

とはいえ、そんな話も新しい供給がないのでいずれ飽きてしまう。

永雪を含めて少女たちは途中で逃げ出さないように、常に監視されている。

少女たちを運ぶ責任者は御者の隣にいる憂鬱そうな面持ちの中年男で、道が悪くなるとしょっちゅう御者に文句を言っていた。

その二人の話では、宮廷では慢性的に人手不足なので、道中で宮女が欠けると大変なのだという。支度金だけをもらって逃亡するものもいるとかで、立ち寄った村では宿に泊まれず、狭い馬車の中で丸まって眠るよう命じられた。

移動中、少女たちは小さな窓に貼りつくようにして、代わる代わる外の光景を眺めた。

そして、廟や寺が見えると、彼女たちは交代で手を合わせた。

永雪はもう、祈るつもりはなかった。

祈ったところで、神は自分を助けてくれない。自分の信仰心は人並みだったが、それがはっきりわかって幻滅したからだ。

それでも、滅多に見られない各地の景色は、突然の事件に打ちひしがれる永雪の痛みを少しだけ癒してくれた。

隣町を出て、いったい何日経ったのだろう？

最初はいつ追っ手に捕まるかと不安でならなかったが、都からの使いは、永雪が宮女候補に紛れ込んでいるとは夢にも思わなかったのだろう。

「……ん」

そういえば、馬車の振動が前ほど酷くなくなっている。おそらく、都に近づくにつれて道がよくなっているのだろう。

国政において、道路などの運輸網の整備ほど大事なものはないと、呉師父から教わった。輸送は国政の要だ。各地から税として納められた作物を運ぶにも、軍隊に国境を守らせるにも、街道は必要になる。

何よりも初冬というのに空気があたたかく、ずいぶん南にやって来たのだと実感する。寒さばかりが身に染みた牟礼とは何もかもが違う。

この頃には父を失い故郷を捨てた悲しみが若干和らぎ、漸く、未知の土地への期待を感じられるようになっていた。

旅を始めて、十一日目。

ここに来て車輪の音が、一段と軽やかになったようだ。それに、外からは四六時中人の話し声がしてきてやけににぎやかだ。

変化に気づいたのは、永雪だけではなかった。

少女たちは小窓に飛びつき、代わる代わる外を眺める。

「ねえ、ここ、都じゃないかしら⁉」

「すごいわ、建物が綺麗」

「人が多いのね。あの衣、色が素敵」

明るい声が広がり、永雪は背伸びをして窓の外を見ようと試みたが、唐突に馬車が停まった。

後ろの扉が開き、急に光が射し込んで瞬きをしてしまう。

「降りろ」

疲れた口ぶりの御者に馬車から降りるように命じられ、永雪は地面に降り立つ。

少し足が痺れていて、よろけてしまう。

「わ……」

少女たちのあいだから、小さな声が漏れた。

目前にそびえ立つのは、上下も左右も巨大な門だった。

馬車はもちろん、自分たちが横に並んでも一度に七、八人は通過できるだろう。

紅殻色に塗られた門の左右で目立つ柱は、少女たちが二人の腕を回して漸く抱えられるような太さだ。これほどの木材は運搬が困難なので、伐採してから河に流して運ぶ。加工のために削ることを考えると、最初はどれほど立派だったか。そんな見事な柱が、何本も使用されているのだ。

ぽかんと口を開けた永雪は、その場に立ち尽くした。

「ここが正門ですか？」

少女の一人が問うと、御者が鼻で笑った。

「宮女が正門から入れるわけがないだろ。これは通用門だ」

「え」

この大きさで通用門なら、正門はいったいどんな規模なのか想像すら及ばない。

改めて、強大な権力とはこういうものなのかと永雪は身震いするような感覚に襲われた。

「身分によって使える門が違うんだよ」

しかし、ここが入り口と言われても、目立つ赤で塗られた門は固く閉ざされている。

扁額には『天一門』と書かれている。皆でぼんやりと立ち尽くしていると、門の傍らの小さな木戸がぎいと軋んだ音を立てて開いた。

「ご苦労でしたね」

甲高い声が聞こえて思わずそちらに視線を向けると、紺色の短衣を身につけた一団がこちらへ向かってくるところだった。

先頭に立つ青年の上衣は地味だが、よく見れば布地と同じ糸で刺繍が施され、何とも言えぬ光沢があって華やかだ。おそらく高価なものなのだろう。

彼はほかに三人の男性を引き連れていたが、声を上げた青年が一番身分が高いであろうことは衣服からも明らかだ。

「太監様！」

御者たちが頭を下げたので、永雪は慌ててそれに倣った。

太監とは宮廷の用語で、宦官を指す。

彼らに比べると、筒袖の衫と裙の上から上衣を羽織っただけの自分たちはいかにもみすぼらしい。おまけに、疲労がべったりと表情に貼りついているはずだ。

「遅かったですね。私は月天宮をはじめとした、五つの館を監督する春明と申します」

不自然に甲高い声。

髭のない、つるりとした白い肌。

これが現役の宦官か。

「あなた方の暮らす宿舎の準備はできています。ほかのものたちは、既に着いていますよ」

おそらく、永雪たちは新たに雇われた宮女の一部なのだろう。

青年は早口で述べ、少女たちを引き連れて歩きだす。

せき立てられるように門をくぐると、内側には朱色の牆壁が張り巡らされており、わずかに建物の黄色瑠璃瓦が垣間見える。

宮殿の全容は不明だが、この塀の内側にはどれほど美しい建物が建ち並ぶのか、想像もできなかった。

「それにしても、見苦しい。もう少し身綺麗になれぬのか」

「これだから田舎娘は困りますな」

春明の連れてきた宦官たちが、聞こえよがしの会話を始めた。

思いやりの欠片もなく嘲笑されたせいで、少女たちはいっそうの気後れを覚えてお互いに顔を見合わせる。

そこに、背後から足音が近づいてきた。思わず振り返ると、金銀の装飾品で飾られた煌びやかな輿がやって来たところだった。

輿なんて、初めて見た。

あんぐりと口を開ける永雪たちを尻目に、春明たちは慌てて膝を突いた。

「おまえたちも」

小声で促されて、永雪たちも急いで同じ体勢になる。

門の前で下ろされた輿から、一人の青年が降り立った。

「これは……憂炎様。珍しい場所に」

春明はもちろん、彼が連れていたほかの宦官も同様に頭を下げる。これが身分の高い人に対する礼儀だった。

「その子たちは？　秀女ではないな」

永雪たちを一瞥し、憂炎なる男は冷ややかに放った。

「憂炎様ですって」

少女たちがざわめいた。

馬車の中でもその話が出たが、秀女は宮女とはまったく待遇が違う。彼女たちは最初から妃候補として後宮に入れられ、そもそもが有力な貴族や政治家の娘たちだと聞いている。

呉師父も話していたとおり、秀女には永雪のような田舎者はなれない。

「ただいま着いた宮女でございます。見苦しいものをお見せして申し訳ありません」

「見苦しくはない」

「は？」

「その娘たちは、陛下のために長の旅路を重ねてここまで辿り着いたのだ。彼らが纏う埃でさえも、その労苦を示す。尊い労苦に対して、感謝して然るべきではないか？」

憂炎はぴしゃりと言ってのけた。

——豪勢な輿に乗って偉いお方だろうに、ずいぶん話がわかる人がいるんだなあ……。

冷たそうな第一印象とは反対に、若々しい声で紡がれる言葉には情があった。

高貴な人をじろじろ見てはいけない。面倒なことになる。そう思っていても、好奇心には逆らえなかった。

視線だけを上げると、輿の上にいたのは切れ長の目で涼やかな面差しの青年だった。

彼は少女たちには目もくれず、冷ややかなまなざしで春明を睥睨している。

「！」

綺麗だ……。

秀麗という言葉は、斯様な青年のためにあるのだろう。

田舎の村ではおよそお目にかかれないような、絵の中に息づくような美青年だ。

白い肌は陽光に煌めく新雪のようで、染み一つない。切れ長の目許は吊り上がって涼やかだ。細い眉と薄い唇。頭上で一部をまとめた長い髪は、艶やかに光ってまるで絹糸のようだ。

顔の美しさが先に立ったが、衣服も地味ながらさぞや高価に違いない。

なにしろ、宦官たちが身につけている衣とはそもそもの光沢が違う。遠目にも光を宿し、地紋に細かな吉祥文様が織り込まれているのがわかる。袖が大きくゆったりとした深衣は、身分が高い人物の象徴のようなものだ。

年礼では冬場に機織りをするものもいるので、これほど精緻な地紋が織られた反物がどれほど高額で取り引きされているかも知っていた。

「失言でございました」

恐縮しきった口ぶりの春明は、俯いたままだ。その肩が小刻みに震えており、彼にとっては屈辱的なことなのだと察する。

確かに年齢的にも春明のほうが遙か上に見えるから、若造に恥辱を与えられたと感じているのかもしれない。

「わかればよい。皆、長旅ご苦労であった。今宵はゆっくり休むがよい」

憂炎はそう言い残し、輿は門をくぐって消えてしまう。

少女たちは頰を染め、今し方の貴人の美しさを讃えて囁き合っている。

「では、行きますよ」

気を取り直したらしく、咳払いをした春明は声をかけた。

永雪たちはそれぞれの荷物を手に持つと、通用門から足を踏み入れる。

「うわあ……」

再び誰からともなく声が漏れたのは、一同が門の中に建ち並ぶ多くの建物を目にしたからだった。

とはいえ、一定の区画ごとに牆壁が設けられており、実際には建物は塀の向こうにある。宮殿内に城壁に囲まれた小さな町がたくさんあるかのようで、その壮大さに目を瞠った。

一目でわかる絢爛豪華な宮殿に、永雪はぽかんと口を半開きにするほかなかった。

ざわめきかけた少女たちは「はしたないわよ」とお互いに言い合い、すぐに口を噤む。

なるほど、こういうのがよくないのか。少年として振る舞っているときは気づかなかったが、少女として暮らすのはずいぶん窮屈そうだ。

何となく身を縮こまらせてあたりを見回すと、整然と並んだどの建物も白い壁に黄色い屋根で、柱は赤く塗られている。基本的な様式が同じなので統一感があり、位置関係を覚えるまでは暫く迷いそうだった。

「ここは内廷です。陛下が政務を執り行う外朝とは、ちょうど正反対の位置にあります。こちらは陛下にとっては私的な部分で、『後寝』と呼ばれる場合もあります。そして宮女たちはそれぞれ宿舎を宛がわれ、割り振られた仕事を行います。その点は聞いていますね？」

歩きながら問われ、「少しは」と少女たちの一人が答えたので、春明は頷く。

「食事は厨から、料理人が派遣されます。大勢の料理を効率よく作るのは、特別な能力がいりますからね。それ以外の洗濯や掃除、裁縫などは得意なものの役割になります。割り振りは後日、宿舎の女官が決めます」

連れてこられた先は、大きな建物だった。門がきちんとしつらえられていたが、普段は開け放しているようだ。門の前にはびっしりと雑草が生えていて、前庭には植木が何もない。

暘では建築は主として木造で、石や煉瓦も使う。その上から漆喰を塗るのが通常だ。

この建物も一応は赤く塗られているものの、ほかの宮殿ほど手入れがされていないのは、ところどころ剝げている塗料からもわかった。

「こちらで宮女たちが暮らしています。さあ、入って」

促されるままに建物の中に足を踏み入れると、玄関の左右に細い廊下が続いている。その片側には扉が取りつけられていて、ここには既に多くの宮女が住んでいるのだろう。

玄関が一番広いらしく、円形の空間に二十名近い宮女たちが立たされた。

ここは牢礼よりずっとあたたかい。

宮殿に辿り着けば、もっと感慨や何らかの決意が芽生えるかもしれないと思っていた。けれども、父を失った永雪にとってはただ乾いた現実があるだけだ。

「皆様」

低くきりっとした女性の声が聞こえ、永雪ははっと姿勢を正した。

廊下の奥からやって来たのだろう。

「ここは五つある宮女たちの宿舎の一つで、月天宮と言います。こちらの責任者で女官の蘇です。ようこそ月天宮へ」

春明の言葉を待たずに自己紹介した蘇女官は、目つきの鋭い女性だった。細身で年の頃は、三十代くらいだろうか。声音には落ち着きが滲んでいた。姓しか名乗らないあたり、宮女たちとは一線を引きたいのかもしれなかった。

一重の目で、彼女は値踏みするように少女たちを見つめている。黒い髪の毛にはくせがあるのか、少しうねっていた。

紺色の短い上衣は筒袖で、胸元に梅の花を刺繡している。耳にも梅の意匠の飾りを身につけ、爪は赤く塗られている。足許の裙も落ち着いた紺色で、小柄な女性をどこか俊敏に見せていた。

「では、私はここで」

「春明様、わざわざありがとうございます」

蘇女官は膝を曲げ、丁重に一礼した。

「人数を確認して、まずは部屋を決めますから、そのままでおいでなさい。部屋は六人で一室を使います……あら？」

不意に、蘇女官が眉を顰めた。

「おかしいわね」

口調が変わったのは、彼女なりに不審を感じたせいだろう。

「一人、多いわ」

——まずい。まさか、人数が既に都まで伝わっていたとは……。

潜り込む段階で不安は抱いていたものの、さすがにここでしくじるのは早すぎる。呉師父もそこまで宮女選抜の仕組みに詳しくなかったのだから、仕方がなかった。

「何か？」

ここまで連れてきた春明に問われ、蘇女官は厳しい顔つきで口を開いた。

「連絡されていた人数よりも多い。いったいどこで増えたのかしら？」

動揺する蘇女官を前に、少女たちは「どういうこと？」とざわめく。

呉師父が書類を偽造して永雪をねじ込んでくれたので、人数設定に齟齬が生じているのだろう。予想はついていたのに、すっかり忘れていた。

「ならば、詮議するほかあるまい」

「ええ、身上書を後ほど私が確認いたします。ですが、それまでここに立たせておくわけにはいきません。余分なのは一人なのですからね」

蘇女官は軽く言い切り、ぱんと手を叩いた。

「まずはおまえたちをここに迎えるにあたって、部屋割りをしましょう。でも、それだとやはり一人余るわね。寝台の数も足りないし……」

いったいどういう意味かと、少女たちは静まり返る。

「空き部屋といえば、風呂場の隣にある物置小屋くらいね。誰か、それでもかまわぬものはいますか？　ここは狭くて一人しか寝泊まりできないけど、一人でのびのび使えるのだから、代わりに風呂掃除の当番をやってもらうわ」

それを聞いた永雪は、おずおずと手を挙げた。

「おまえは？」

「えい……いえ、馬憐花と申します……私は田舎者で……一人が……」

永雪がぼそぼそと告げると、女官は「そう」と頷いた。

馬も当然偽名で、呉師父の知り合いで永雪の身許引受人になってくれた人物の姓だった。

「いいでしょう、あなたがその部屋になさい」

「はい」

永雪はほっとした。

一人部屋なのも風呂掃除ができるのも、いずれも有り難い。皆と一緒に風呂に入らなくても、折を見てどこかで身体を流せるだろう。風呂掃除でどうせ濡れるからなどと述べれば、言い訳としてはちょうどいい。

「さあ、全員籤を引きましたね？　二桁の番号で頭が一のものは一階に。二のものたちは二階ですよ。それぞれの部屋に番号が振ってあります。部屋にはここでの服が置いてありますから、不具合があったら知らせるように。今日は部屋を片づけなさい。憐花、おまえはこの廊下の奥になります」

「はい」

荷物はほとんどなかったが、布袋を背負ってそちらへ急ぐ。

永雪にあてがわれた部屋は、説明に違わず一階の一番奥だった。

陽当たりはあまりよくないので、窓が閉まっていると真っ暗だ。おまけに、隣が風呂のせいかじめじめと湿気を感じた。

だが、鎧戸を開けた途端にぱっと光が射し込み、一気に部屋の中が明るくなる。

おまけに、荒れ放題ではあるが庭が見えた。まるで手が入っていないが、緑を目にしただけで永雪の気持ちは軽くなる。とはいえ、庭は狭くすぐ隣は別の建物で、限られた敷地内に多くの宿舎があるようだった。

「憐花」

唐突に扉が開き、蘇女官が顔を見せたので、永雪はびくっと震えてしまう。何の声かけもせずに扉を開けるなんて、これは油断できなそうだ。

「おまえの寝台は、早めに手配します。暫く床で寝なさい。布団と服に予備があってよかったわ」

てきぱきと言われ、永雪は無言で首を縦に振った。

返事も聞かずに薄い敷き布団と掛け布団、そして衣服一式を渡される。

「着替えて先ほどの場所に集まるように」

「はい」

永雪の与えられた衣は一見して洗いざらしで、どうやら、誰かのお下がりのようだ。全員の装束が統一されるらしく、柄はなく無地で色味は白茶色と至極地味だった。

褶は腰までの短衣で、裙は下衣として着る腰巻きのようなものだ。触り心地はよく、自分が身につけている粗末な衣服とは全然違った。刺繍も何も入っていなかったが、そのほうが汚れる心配をしなくて済む。

それだけで、改めて、自分が性別を偽って宮廷に仕えることになったのだという実感が込み上げてくる。

ここまで来られたのだから、いったん成功だろうが、不安は尽きない。

まず、宮女が一人多い問題を、蘇女官は如何に始末するのか。

仮に全体の管理のための名簿があらかじめ宮廷にあるのなら、それとつき合わせれば、永雪が潜り込んだのは容易く知れてしまう。

それに、名簿の問題が解決しても、日常生活のほうが難題だ。

自分がこれまでの人生でやって来たのは農作業だけ。同じ馬車だった宮女たちの話を漏れ聞くと、彼女たちは刺繍やら裁縫やら特技がそれぞれにあるらしい。

女性らしく振る舞うことでさえも難しいのに、刺繍と裁縫はどうすればいいのやら。

永雪が頭を抱えたところで、突然、廊下いっぱいに鈴の音が鳴り響いた。

りーんりーん。

行かなくては。

感傷に耽る暇なんて、ない。

玄関に戻ると、新米の宮女たちが勢揃いしていた。皆お揃いの衣服に着替えており、どこかういういしい。

きりっと背筋を伸ばした蘇女官はこちらを見やると、軽く頷いた。

「一人多い件については、わかりませんでした。たくさんの町や村で人を集めますから、伝達を間違えるとこういう事態もあるものなのでしょうね。いずれにしても、毎年何人かは宮女をやめてしまいますから、今はかまいません」

至極あっさりとした結論に、永雪は胸を撫で下ろした。

「さあ、問題が解決しましたし、まずは月天宮の決まりをお知らせします」

「………………」

「返事は？」

「はい！」

蘇女官はぐるりと少女たちの顔を見回し、「よろしい」と首肯した。

「朝は五時に起き、朝餉と夕餉はそれぞれ五時半ですよ。仕事は六時から夜の六時までで、そのあとは好きに過ごせます。ですが、九時までには寝ること。休みは月に一度、交代で取ります。部屋と食事時以外では私語は禁止です。仕事には真面目に打ち込むこと。部屋は清潔に保つこと。自分たちの部屋を掃除するのは自分たち自身で、休みの日になさい。共用部分の掃除は交代で行います」

矢継ぎ早に言われたが、特に理不尽と思える点がないのが意外だった。

「それから、宦官や官吏とは必要以上に口を利かぬように。時々、玉の輿を望んで官吏に色目を使うものもいますが、密通が人に知れたら女性のほうが死罪です」

「！」

少女たちは息を呑んだ。

死罪になるのが女性だけ？　男性はお咎めなしという意味だろうか。それは、あまりにも不公平ではないのか。

けれども、そこに口を挟んでも叱られそうだったので、永雪はしおらしく俯く。

こうして集められた少女たちが同じ衣服を着ると、かえって身長の高低やふくよかさ、痩せぎすかなどの違いがよくわかる。とはいえ、彼女たちは誰もが田舎から出てきた野暮ったさがあり、その点に永雪はほっとした。

「それではこの月天宮を案内します。まずは気になっているでしょうから、食堂と手洗いに行きましょう。それから風呂です」

厠、食堂と厨房は一階でも、永雪の部屋とはちょうど反対側だ。永雪の居室は風呂の近くだが、風呂は毎日入るわけではないので、基本的にほかの部屋から孤立していると考えても差し支えがない。それならば、他人にそこまで煩わされなくて済みそうだと安堵を覚える。

ぞろぞろと歩く少女たちがおしゃべりを始めると、「静かになさい」と声が飛んだ。

「おまえたちはここに遊びに来たわけじゃないんですよ？　規律を守りなさい」

「…………」

「ですから、返事は？」

「はい！」

「結構。さあ、これから夕食の時間ですよ。食堂にいらっしゃい」

食堂を司る宮女はあらかじめ決まっていて、彼女らが準備するそうだ。そう聞くと急にお腹が空いてきて、永雪は我ながら現金だと呆れてしまった。

急転する運命に戸惑っていても、おかまいなしに腹は減る。それは身体が生きたがっている証拠なのだろう。

「わ」

食堂はいくつかの円形の卓が据えられ、めいめいが好きなところに座って摂る形式だった。

同じ馬車で来た宮女以外に、たくさんの宮女がもう集まっている。

席はどこでもいいようなので、永雪は食堂の隅に腰を下ろした。

料理は煮物と包子、汁物の三品と質素で、中央の卓に大皿がどんと置かれている。

いい匂いがして、とても美味しそうだ。これだけのものを、父や村の皆、世話になった呉師父に食べさせてあげたかった。

ともかく、感傷に耽っている暇はない。

宮廷に辿り着いただけで、実際には、まだ何も始まっていないのだ。

ここに来たからには健やかに過ごし、医者の世話にもならないように気をつけなくては。

怪我も病気も禁物だ。

永雪はきゅっと表情を引き締めた。

翌朝、永雪たちは薄暗い時間から工房に集められた。

がらんとした工房には大きな机と背もたれのない木製の四角い椅子が並び、既に刺繍のための道具が用意されている。工房は永雪たちの部屋と同じく、殺風景で装飾はほとんどない。唯一、窓の格子に凝らされた意匠が飾りといえば飾りだった。

宮廷で暮らす女性は、妃嬪以外に二種類いる。

一つは、妃たちのお世話をする秀女たち。彼女たちは主に貴族や富豪の娘たちで、妃たちの側仕えなので陛下の目に留まる機会もあった。

つまり、最初から永雪たちとは立場が違うのだ。

ちなみにこの国では国王陛下の世話をするのは宦官たちだ。従って、陛下が秀女と顔を合わせるのは妃たちの宮殿を訪ねるときくらいのものだ。

国王の正妻は当代きっての美貌を持つと噂される、月桂皇后。

二番目は妃の位を与えられた薫妃と謝妃、そして祥妃。今の国王は妃嬪をあまり増やさない方針らしく、正妻以外では四人の女性が陛下の寵愛を競っているらしい。

宮殿の雑用や、刺繍、衣装の仕立てなどを引き受けるのが永雪たちのような宮女だ。

国王の威信を示す際、一番わかりやすいのが豪華な衣装や装身具だ。それは妃も同じで、自らの美しさを誇示して身を飾り立てることが必要だった。とはいえ仕立てのたびに宿下がりするわけにもいかないし、賄賂や不正の温床となりかねない。そこで衣装や調度品の多くを宮廷で誂えられるよう、宮女たちが作業するのだった。

「おまえたちの適性を見るために、いくつかの試験を行います。今日はまずは刺繍です」

「…………」

女官の声が響き、永雪はぎょっとした。

刺繍なんて、これまでに一度もやった経験がない。

どうしよう……。

農作業ならひととおりこなせるが、さすがに刺繡は無理だ。

牟礼では服など簡単に買えずに家で繕い物をしていたので、永雪でも針と糸は扱える。だが、刺繡のような技能は別だった。

「それでは、手許の布に花の刺繡をなさい。今日一日の時間を与えます」

「はい」

仲間は一斉に刺繡を始めたが、永雪は布を持って茫然自失状態だった。

もちろん、刺繡がどんなものかは知っている。呉師父が先の皇后から賜った額を家に飾っていて、そこには駒鳥を刺繡した手巾が収められていた。

まずい。変な汗が背中をじっとりと濡らす。

白い布を前に呆然とする。図柄はぼんやりと思い浮かぶが、それを自分が見事な刺繡に仕上げられるかといえば別問題だろう。

これが文字だったら、まだ楽なのに。

「あっ」

思わず永雪が声を上げたので、蘇女官がじろりとこちらを睨みつける。

永雪は首を竦めた。

絵はだめだが、文字はいける。文字で花を表現すればいいのだ。

それも『花』なんて一語ではだめなので、もう少し工夫を凝らさなくてはならない。

――よし。

腹は決まった。

選んだのは、有名な詩だ。

文字ならば、ほとんど直線だけで刺繍ができるので、何だかわけがわからないという最悪な事態は避けられるはずだった。

春宵一刻直千金
花有清香月有陰
歌管樓臺聲細細
鞦韆院落夜沈沈

何度も針を刺して指に血が滲んだが、泣き言を言っていられない。自分の指を何度も舐めながら、永雪は懸命に刺繍に励んだ。

夕方になって戻った蘇女官は、それぞれの作品を採点したが、最後にやってきた永雪に白い目を向けた。

「憐花、でしたね」

「はい」

「刺繍の図案、考えは面白いですが腕がまったく伴っていない。刺繍がここまで下手な子を見るのは初めてですよ」

蘇女官はため息をつき、永雪の拙い刺繍を何ヵ所か指さした。

「おまけに血がついています。こんな薄汚れたものを妃嬪にお見せしたら、運が悪ければ死罪ですよ。汚れは必ず湯を使って落としなさい」

「……すみません」

さすがに血痕はまずいとわかっていたが、洗う時間すらなかったのだ。思った以上に厳しい評価で、永雪はしゅんと項垂れる。

「刺繍が苦手なので、それで……」

「言い訳は結構。おまえは掃除です」

「……はあ」

永雪は小さくなったものの、特に落ち込んだりはしなかった。

自分は意外と、図太いらしい。得意な分野をけなされると腹が立つのだろうが、最初からできもしないことをやらされているので、仕方がないと諦めがつくのかもしれない。

「だけど、おまえは読み書きができるのね」

不意にそう言われて、永雪ははっと顔を上げる。

「ええ……少しですが……」

「垢抜けないけど素材はいいし、学がある。これで刺繍の腕や愛嬌でもあれば、秀女にでも推薦してやれたのに」

　蘇女官はため息混じりに首を横に振った。

「そういう仕組みがあるんですか？」

「ないとは言えない、という程度ですよ。おまえのように刺繍がだめなら、出世は夢のまた夢。掃除と洗濯は誰にでもできますからね」

　慰めるような蘇女官の言葉に、息を詰めていた少女たちがどっと笑いだした。

「本当、ひどい刺繍」

「肌が白くて顔が綺麗なのに、あんなに不器用なんてもったいないわ」

「上手くやれば取り立ててもらえるなんて、知らなかったわ！　あの子は可愛いけど身なりは酷いし、刺繍もだめなんて出世は諦めたほうがいいわね」

　ひそひそと囁き合う声が耳に届いたが、聞こえよがしの悪口というよりは、同情が多そうだ。

　……よかった。

　敵を作らずに過ごせそうなのは、不幸中の幸いだった。濃厚な人間関係は不要だが、敵を作るのも避けたかったからだ。

　それに、掃除ならば変わった技能はいらないし、真面目に励めばぼろも出ないだろう。

　あとは、懐宝を知る人物を探して情報を聞き出すだけだが、こちらは圧倒的な難問だった。そんな相手、何を糸口にすれば出会えるのだろう?

胸を撫で下ろす永雪が反省していないと気づいたのか、蘇女官は「刺繍ができないなて、女性として恥ですよ」と厳しい声で叱りつけた。

こうして、本格的に宮廷での生活が始まった。

最も不安だった食事は味もそれなりだが、不満は意外にも量が少ない点だ。育ち盛りの少年だからこそ、質よりも量が死活問題だった。

それでも、飢えなくて済むのはまるで極楽だ。


「憐花」

食堂で声をかけられて永雪が顔を上げると、そこには刺繍が得意な彩雅が立っていた。

永雪よりもすらりと背の高い彼女は都よりも更に南方から来たそうで、彫りが深くて明らかに永雪たちとは違う雰囲気を漂わせている。何よりも、同年代にしては発育がよく、手も足も長いし胸も大きい。肌はうっすらと日焼けしており、伸ばした髪を頭上でくるくると丸めて、器用に釵でまとめていた。宮女の中には耳飾りや装飾品をつけるものもいたが、よほど派手でなければ注意されなかった。

同卓の少女たちも似たような空気を纏い、永雪を見て一礼をした。確か、彩雅を含めて彼女たちは六人とも同室だったはずだ。

おそらく、部屋割りの籤のあとに何らかの交渉をしたのだろうと睨んでいる。

「なに？」

数十人が一度に食事を摂る食堂は広く、それぞれが自分の食事をよそって席に着く方式だった。そうなるとだいたい気の合うもの同士が固まり、だんだんお馴染みの顔ぶれになる。永雪は一人が好ましいので、誰とも口を利かずに壁を見つめて食事を済ませるのが常だった。

「いつも一人じゃつまらないでしょ？　あたしたちと一緒に食べましょうよ」

「でも……」

「いいから、こっち」

彩雅に促されて、これ以上固辞するのも感じが悪いため、永雪は渋々そこに腰を下ろした。

関わる人数を増やしたくはないのに、どうしてこんな事態を招いてしまうのだろう。

いや、まだ対策はできる。

極力黙っていれば、面白みのないやつだと無罪放免されるはずだ。

「私は不器用だし……話も下手だ」

失礼にならないよう、真っ先に釘を刺す。

「わかってるわ」

彩雅はあっさりと答える。

「けど、ここで暮らしていくには、一人じゃないほうがいいはずよ。あたしたち、こう見えて大事な話をしているかもしれないでしょ？　そうした噂話は、ここで生き延びるには重要だったりするもの」

「生き延びるって、大袈裟だよ」

己の使命を見透かされたようでどきりとしたものの、永雪は平静を装う。

「そんなことはないわよ。秀女に取り立ててほしい子なんて、早くもぎらぎらしているわよ。あんたは気づかないんだろうけど、刺繍の工房なんて競争なんだから」

「そうなの？」

「さすが、掃除班は暢気ねえ」

大きな黒い瞳で見つめられ、確かにそうかもしれないと永雪は思う。

ここでは権謀術数といえるほどではないが、それでも、上手く立ち回らないと足を引っ張られて酷い目に遭いかねないということか。

特に、自分は重大な秘密を抱えているのだ。その点を考慮すると、さばさばした彼女とつき合うのは損がなさそうだ。

「それに、あたしは学がないから、あんたみたいな人と話せるのは助かるわ」

彩雅の言葉遣いは永雪の基準から見るとかなり乱暴だが、そこに不快感はない。むしろ、とても人懐っこく聞こえて可愛らしい。これもまた一種の発見だった。

「学なんて、ここじゃいらないよ」

彩雅の申し出は悪いものではなさそうだったが、具体的な利点を見出せない。

「まさか！」

「そんなもの、必要なの？」

話に乗ってしまって思わず尋ねると、彩雅はにこりと笑った。

「当たり前じゃない。張果老を刺繍するとき、前向きに驢馬に乗せるのはおかしいでしょ？　でも、知らなかったら普通に驢馬に乗せちゃうかもしれないわ」

張果老はこの国でも人気のある八人の仙人のうちの一人で、彼らは八仙と呼ばれている。

この老人はそもそも人間ではなく、天地ができる前からいる白い蝙蝠の精だといわれている。彼は自分の驢馬に後ろ向きに乗るので、その特徴ゆえに張果老だとわかる。逆に、そうでなければ普通の老人にしか見えないだろう。

「そうかもしれない……」

張果老を刺繍する機会があるかはともかく、そのたとえには説得力があった。

「でしょ。あたしたちもあんたからいろいろ聞くし、そっちも好きにして」

「なるほど」

そういうことなら、世間話ができるくらいの友達がいてもいい。

永雪が同意を示すと、彩雅は大きく頷いた。

「じゃあ、明日からご飯だけでも一緒に食べましょ。いいわね？」

「うん……あの、その……ありがとう」

「どういたしまして」

自分の意思をはっきり表現できる彩雅は、これまでの永雪の周囲にはいない種類の女性だった。

何だかそれが楽しくて、断りきれなかったのだった。

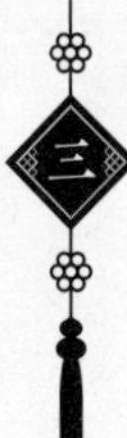

「さあ、急ぎなさい」

　蘇女官に急かされ、永雪は足を速める。掃除を割り振られた少女たちが身につけている裙は二股に分かれて足に沿っているので、動きやすい。もちろん、秀女たちはこんな動きやすさを最優先に考えた服は着用しなかった。

　永雪たちの仕事は掃除だったが、月天宮の中を整えるだけではない。どちらかといえば公共の場を清掃するのが務めで、どこという場所は決まっていなかった。

　本日の職務は、大道と呼ばれる内廷でも一番人通りの多い通りの清掃だった。紅殻の華やかな塀の汚れを拭き取るため、宮女たちが雑巾や束子を手に壁に貼りついている。

　白と黒が基調の北国にいた永雪にとって、どこでも見かける派手な赤には未だに慣れない。赤は主として廟や寺院に使われるので、最初のうちは目がちかちかした。

　こうして宮廷を彩る赤は、喜びを意味している。宮廷の色彩はただ美しさを追求しているわけではなく、五行思想をもとに配色されているのだった。

　華やかに彩られた内廷は、基本的に六つの区画に分けられている。

まずは中央にあるのが国王陛下の宮殿。そこを囲んで右回りに王妃の宮殿、王子の宮殿、前王の宮殿、妃嬪の宮殿、そして官吏たちの働く場所が配置される。妃嬪の宮殿の敷地は十二に仕切られているが、使われていない宮殿が多いとの話だった。

この六つの区画がまるで城壁のように塀で囲われており、その中に更に牆壁が作られている。そのため、大道に立っても見通しがあまりよくなかった。おそらくこれは、暗殺者などが入り込んでもすぐに状況を把握できないようになっているのだろう。

「そこ、まだ薄汚れているわ」

蘇女官がせかせかと歩き回り、目敏く掃除の状況を確認している。生真面目な彼女の指摘は的確で、永雪は慌てて頷いた。

「はい！」

──あ……。

懐かしい匂いを嗅いだ気がして、壁をこすっていた永雪は鼻をひくつかせる。

薬草か。

牟礼では短い春から秋のうちに薬草を採って乾燥させ、冬、女と子どもは薬草を調合してささやかな収入を得る。永雪にとって、薬草の匂いは慣れたものだった。

懐かしさについ振り返ると、門の方角から荷車が見えた。二つの大きな車輪に取っ手がついた荷車を引くのは小柄な宦官の少年で、荷台には一抱えもある樽や水の入った桶がいくつも積まれている。おそらく、あの宦官たちは薬園の人間に違いない。

相当重いのだろう、両の手で取っ手を握る宦官の足許はふらついていた。

ずいぶん危なっかしいのに、誰も手助けはしないのか。

さもえらそうに腕組みをして歩く年嵩の青年宦官は、荷車の後ろから声を飛ばすだけで手伝おうともしない。

さすがにそれはどうかと思うが、永雪は何か言える立場ではなかった。

蘇女官はほかの場所の監督で既に立ち去ってしまっており、注意してくれそうな人物はいなかった。尤も、彼女がいたからといって宦官にものを申せるかどうかは、別の問題だろう。

「おせえぞ、夏雨！　遅れちまうだろうが」

「も、申し訳、ありません」

どやされた細い宦官は見るからに生っ白く、筋肉もない様子で息も絶え絶えだ。

そのくせ、青年宦官は背後から罵声をぶつけるばかりでまったく役に立たなかった。

「女ども、邪魔だ！　どけ！」

狭い道幅のせいで、このままでは荷車と塀に挟まれかねない。慌てて永雪は壁にくっつくようにして荷車を避けたが、重すぎるのか、夏雨と呼ばれた宦官がよろけた。

「！」

倒れる！

急いで夏雨に手を差し伸べたが、あいにく、それには何の意味もなさなかった。

どしゃっという凄まじい音を立てて、荷車に載せられていた樽が転がっていく。

転げ落ちた樽は割れなかったものの、水でいっぱいだった桶がひっくり返ってしまった。

おかげであたりは水浸しで、永雪にも水が跳ねた。

「ご、ごめんなさいっ」

蒼白い顔で夏雨が誰にともなく頭を下げ、おろおろと樽を持ち上げようとしたが、相当重いらしくぴくりとも動かない。

「何やってるんだよ、愚図だな！　薬園はまだ先だぞ」

後ろからついていくだけだった年嵩の宦官が、小馬鹿にした口調で少年を詰った。同じように灰色の衣を身につけているのだが、上下の差というのは厳然と存在しているようだ。

「すみません……」

この匂いと彼らのやり取りから、二人が薬園づきの宦官たちだと確信した。

薬園は宮廷の医療を担う役所の一つで、その名のとおりに宮中で薬草を育てている。永雪たちが病気になれば、医師は薬園で採れた薬草を使ってさまざまな薬を処方してくれるはずだ。

つい先日も月天宮では宮女が腹痛を起こし、七転八倒する彼女に生薬が調合された。

「大事な荷を、転がしたのはおまえだ。一人でもとに戻せよ」

「は、はいっ」

なんて理不尽な。

胸がむかむかするような姑息な嫌がらせだった。

夏雨が急いで樽に近づいて手をかけるが、いっぱいに中身が入っているらしく、一人では到底持ち上がらないようだ。だが、青年宦官はにやにやと意地悪く笑うだけだった。

信じられない……。

あの宦官が手伝ってやらねば、元どおりも何もない。今だって、先輩風を吹かすこの青年宦官が手を貸していれば、問題は起きなかったはずだ。

そもそも、道を塞がれたままでは掃除をしているこちらにも迷惑だ。実際、ほかの宮女たちも塀に寄りかかって困ったように夏雨を見つめている。

だめだめ、絶対にだめだ。

ここで下手に手を出せば、自分が目をつけられかねない。そこから万が一男性だとばれたら、大変な目に遭うだろう。懐宝の身内と知れれば、死罪だって免れない。

――でも。

夏雨と呼ばれた少年は、自分とあまりにも似ていた。

か弱く声も出せず、ただ、虐げられるばかり。弱い農民たちそのものじゃないか。

殺された懐宝だって、こんなふうだったのかもしれないのだ。

……畜生！

そう思うと、もうだめだ。いても立ってもいられなかった。

永雪は雑巾を手桶に投げ入れ、黙って夏雨のもとへ向かった。

そして、まずは空になった桶を荷車に載せる。さすがに夏雨と同じように荷物を持つのはまずいが、桶ならば問題がないだろう。

「えええっと、すみません！　あの、そのままにしておいてください」

永雪の手助けに気づいて夏雨が声をかけたが、永雪は強い調子で首を横に振った。

「私はすぐにでも、ここを掃除しなくちゃならないんです。早く片づけたほうが、お互いのためだから」

永雪は頑なに言い切った。

両手で大きな桶を抱えたせいで身体が濡れてしまったが、寒くはない。やっぱり都はあたたかいんだなと、変なところで牟礼との差を感じた。

「おい、女！　どういうつもりだ？」

夏雨を虐めていた青年宦官が、気に食わないといった様子で眉を吊り上げる。

「ここを塞がれていると、私たちが働けないんです」

「うるせえ、これは罰なんだよ」

「でも、道を塞いでみんなに迷惑をかけるほうが迷惑です」

「はあ？　宮女の分際で、屁理屈を言うな！」

青年宦官がさっと手を振り上げた。

打たれる。ひやりとして、目を閉じた永雪は亀のように首を竦める。

「何をしているんです？」

強い声が聞こえて目を開けると、背後に立った何者かが青年宦官の腕を捻り上げている。

「え？」

「正当な理由もなく宮女に手を上げるのは、たとえ宦官といえども罰されるはずですよ」

「何だ、おまえは！」

問われた男は二十代くらいで、質素な身なりだった。口髭と顎鬚を整えているから宦官ではないようで、外出用の頭巾を被っている。灰色がかった筒袖の袍は清潔そのものだが、装身具一つつけておらず、下級の宦官とすら比べようもない貧相な服装だ。

顔立ちが整っていてやけに堂々としているし、切れ長の澄んだ目はどこかで見たことがある気がするが、いったいどこでだっただろう。

「失敬。私は劇団の暁飛天と申します」

胸に手を当てた飛天とやらは、恭しくお辞儀をする。確かに芝居がかった仕種で、身のこなしも堂に入っている。

声がよく通り、思わず聞き惚れてしまうほどの麗しさだった。なるほど、これならば飛天とやらが役者なのは納得がいく。

「けっ、平民か」

「ええ、ご覧のとおり平民です」

青年宦官が発したのは侮蔑めいた言葉だったが、飛天は意に介さぬ様子で微笑んだ。すらりとした、長身の男性だった。

「いいから、離せ！」

「これは失礼」

青年宦官から手を離した飛天は、地面に転がった樽に近寄り、その一つに手をかけた。

「そこの方々、どうか手を貸していただけませんか」

飛天が手近にいた衛兵に声をかけたので、彼らが急いで寄ってくる。

「待てよ、何しやがる」

「ここは公道ですよ。いつまでもこうしていては、お偉方が通ったときに叱られる」

服が汚れるのも気に留めず、彼は樽を荷台に載せた。樽によって重さにばらつきがあるのかもしれないが、この重そうな樽をあっさりと持ち上げてしまうとは。細身に見えて、飛天は力自慢のようだ。

「なのに、あなたは何もしないのですか？」

ばつが悪そうに立ち尽くす青年宦官は、促すような視線を向けられて渋々動きだした。

「おら、手を貸せ」

「ありがとうございます！」

よかった。これなら心配しなくてもいいと、永雪も二つ目の桶に手をかけた。

びしょ濡れになって桶を荷台に載せると、「おまえ」と飛天に呼び止められた。

「おまえのようなものが、どうしてここに？」

「私は月天宮の宮女で、この塀の掃除に……」

「………」

飛天は細い眉を吊り上げ、その切れ長の目で永雪を見据える。まるでこちらの心胆を見透かすような視線に、永雪は困惑した。

女がよけいな手出しをするなとでも言いたいのだろうか？

「──来い」

「えっ」

突然腕を摑まれ、永雪はぎょっとした。咄嗟に飛天の手を振り払いかけたが、相手の思惑がわからない以上は強気に出られない。

「待ってください、いったい何を」

足を縺れさせる永雪にも頓着せずにずかずかと進む飛天は、近くの門をくぐる。

目の前に現れた建物は二階建てで、月天宮のように簡素な外観だった。

「ここは……？」

「我々の稽古場だ」

短く告げて玄関の扉を開けた飛天は、永雪を建物の中に強引に押し込む。

「わっ」

そういえば、彩雅が噂をしていた。

内廷には妃たちを楽しませるために劇場が建てられ、素養のある宦官が団員に抜擢されるのだと。彼は明らかに宦官ではないものの、後宮の劇団の関係者ではあるのだろう。

白っぽい壁は薄汚れて床は黒光りし、柱のない構造の広間は中を見通すことができた。

壁の近くには衣装箱やら何やらがあり、棍棒や木刀が積まれている。いかにも雑然としており、何だか武道場のようで面白かった。

「待ってろ」

入り口で放り出された永雪が首を傾げていると、戻ってきた飛天が衣を差し出した。

「これを」

「え？」

よく見ると、それは永雪が着ているのと同じ宮女の上衣だった。

「ええと、どういう意味ですか？」

服が濡れているといっても、一日働いていれば自ずと乾くのに、お節介が過ぎる。相手の意図が不明で受け取りかねて躊躇った刹那、永雪の喉元に尖った何かが突きつけられた。

白刃だ。

「！」

反射的に切っ先を避けようとしたため、そのまま床に尻餅をついてしまう。

おまけに裾を踏まれて動けなくなった永雪は、上目遣いに相手を見た。

「ど、どういう、ことですか？」

無言で喉元の留め具を刃先で弾かれ、永雪は仰天した。

おかげで立て襟が広がり、永雪の白い喉が現れる。

もしかして、襲われる……？

逃げなくちゃいけないのはわかっていても、竦んだように動けない。

「男の分際で、どうしてこんなところにいる？」

飛天の言葉は、永雪にとっては想像外の内容だった。

打って変わった低い声音は人を脅しつけるようで、冷たく感情が窺えない。

「は？」

「女性なら、服が濡れたら真っ先に気にする」

「！」

慌てて永雪が自分の服を見ると、びしょ濡れの衣服のせいで身体の線が露になっていた。胸のあたりはあからさまに平たく、少女らしい膨らみは皆無だ。

そして、喉。

留め具がなくなって立て襟が開いてしまっているので、これもまた少年としての特徴を隠しようもなかった。

「答えよ。返答によっては、命はない」

「そちらこそ劇団の人間なのに、こそこそと宮女を嗅ぎ回っているとは。もしや、間者か何かか？」

「いざとなれば、何でもする。それが宮廷に仕えるものの務めだ」

はぐらかそうとしたが、無駄だった。

飛天の言葉には淀みなく、仕方なく永雪は息を吐き出した。

「さあ、言え」

「――どうしても知りたいことがあるからだ」

「なに？」

「それだけだ」

飛天は永雪の服を踏みつけたまま、改めて喉元にぴたりと剣を突きつけた。

これだから女物は嫌なんだ！

永雪は心の中で毒づく。

いくら上衣が短くても、下に穿いている裙の裾が長いので無意味なのだ。

一方、飛天の動きは華麗かつ流麗で、心得のない永雪から見ても、彼の武芸の腕が確かなのは知れた。

こんな場面で見惚れかけてしまうほど、彼の動きには一つ一つ華がある。

息詰まるような空気が漂ったが、すぐに彼は「はあ」と息を吐いて脱力した。

「おまえ、動きが完全に素人だな。暗殺者ではないのか」

「違う！　俺はそういうのじゃ……」

「間抜けめ」

「は？」

今度は間抜けだと決めつけられ、永雪は混乱のまっただ中にいた。

刃を突きつけて問い糾したり罵倒したり、この男は何がしたいのか。

「こういうときは白を切れ。尋問への対処法を何も教わっていないのか？　いったいどういう組織なら、おまえのような大間抜けを育てられるんだ」

「………」

何なんだ、こいつは。

永雪を一方的に糾弾するだけかと思いきや、間者の心得を説くとはお節介が過ぎる。

「ふむ……確かに動きも素人くさいし、そのお綺麗な顔が目立ちすぎる。暗殺には不向きだな」

飛天はそう断言し、今度こそ鞘に長刀を納めた。

「だから、暗殺なんて考えてないって言ってるだろう」

うんざりとし、永雪は声を荒らげる。

分析自体は間違っていないが、一介の劇団関係者が気にする問題でもないはずだ。

「あんたのほうこそ、顔が整いすぎてるじゃないか」

「それを言うな」

むっとした様子で飛天は眉根を寄せた。

「この顔は俺の欠点の一つなんだ」

自慢なのか謙遜なのかよくわからないことを言ってのけると、飛天は床に座り込んだ永雪を睥睨した。

相変わらず、こちらを値踏みするような冷えたまなざしだ。

「それで？　組織のものではないのなら、ここには自力で潜り込んだのか」

「そうだよ。頼めばあんたが入れてくれるわけ？」

「おまえのように間の抜けた人間が入り込めたとは……宮女を雇う仕組みに再考の余地がありそうだな」

永雪の問いには答えずに、飛天は考え込んでいる様子だった。

何だか、拍子抜けしてしまう。

先ほどの身のこなしから武芸の腕は確かだと思うが、彼は本気で永雪を脅威と見なしているわけではないようだ。

ともかく、彼が思考に沈んでいる隙に逃げようと、永雪はそろそろと手を伸ばし、落ちていた衣を拾う。そして、自分の服の上からもう一枚を羽織った。

そのとき、飛天の背後の扉が開いた。

「あれっ、飛天さん、早いですね」

「おや、皆さんはとんぼの練習ですか」

振り向いた飛天は笑みを浮かべ、どやどやとやって来た宦官たちに穏やかな口ぶりで尋ねる。

今までの緊迫した素振りなど欠片も見せず、大した役者ぶりだ。

「そうなんですよ」

とんぼというのは、空中を舞うやり方で、暘国の劇では欠かせない。それこそ何度もとんぼ返りができるものこそ、人気を博すと聞いていた。

「むむ、どうしたんです、その子。宮女を連れ込むのはまずいですよ」

宦官が目を瞠った。

「服が濡れてしまってたんで、衣装を貸したんですよ」

「なーんだ。目が大きくて綺麗な子だから、てっきり飛天さんが口説いてるのかと」

妙に明るく言われて、飛天はわざとらしいため息をついた。

「それじゃ、死罪ですよ。俺は単なる戯作者なんですから」

「ああ、そうか。飛天さんみたいな外の人が宮女に手を出したら、男性も罪になるんですかねえ」

のんびりとした会話だったが、おかげで自分への矛先が逸れてくれて有り難い。

「面倒見がいいのもかまわないけど、そろそろ、次の演目を考えてくださいよ。お妃のお望みは完全な新作ですからね」

「わかってますよ」

立ち上がった永雪が出口へ向かうと、すかさず飛天が追いかけてくる。まだ何か嫌みをぶつけられるのではないかと永雪は身構えたものの、飛天は「命拾いしたな」とおかしげに告げた。

「おまえのような抜けた人間が、どうしてここに潜り込んだのかは知らないが……一度だけなら見逃してやろう」

「それはどうも」

「だが、おまえを信用して放免するわけではないことは覚えておけ」

「俺だってあんたを信用したわけじゃない！」

言わなくてもいいのに、つい、そう憎まれ口を叩いてしまう。

「結構」

薄く笑んだ飛天は、じろじろと永雪を見やった。

「名前は？」

「馬憐花です」

「憐花？　どう書くんだ？」

「花を憐れむ」

「ほう……憐花、か」

なぜか感慨深げに呟き、飛天は自分の顎髭を撫でる。

「だが、それは本名ではないだろう。おまえの本当の名は？」

永雪は舌打ちし、ふてぶてしく「永雪」とだけ答えた。

「永い雪、か。ちっとも似合わないな」

「え？」

唐突に名前に文句をつけられ、永雪は目を剝く。

飛天はその美貌に、何の表情も浮かべてはいなかった。

「おまえは間抜けだが、厄介なことにただの間抜けじゃない。おまえの心には冷たい炎が燃えている。その熱気は隠すべくもない」

「どういう意味？」

いきなり詩的な言い回しをされても、困惑は増すばかりだ。

「何を考えているかは知らぬが、ほどほどにせよ。女として潜り込めたのは、そのご面相のおかげだ。しかし、顔に似合わぬ熱を隠さねば、すぐに気取られるぞ」

永雪は息を呑んだ。

この身を焦がす熱とは、それこそ、呉師父の説いた志というやつか。

「はっ、あんたに言われる筋合いはない」

「ばれたからといって、そうやって居直るのもよせ。どこで誰が聞き耳を立てているのかもわからぬぞ。もっと女らしくしとやかにすべきだろう。言葉遣いも改めよ」

「な」

「ここでは官吏や宦官は処罰を恐れているが、貴族はそうはいくまい。その顔のせいで目をつけられて手出しでもされたら、それこそ早死にするぞ」

そんなことを言われたって、顔は変えようがないのだから――困る。

飛天はこちらを顧みず「さっさと行け」と手を振って犬でも追い払うような仕種を見せたので、永雪はむっとしつつも外へ出た。

服を借りてきてしまったが、あとで返せばいい。それよりも、持ち場だ。蘇女官がいつも監督しているわけではないが、突然連れ去られてしまったのはまずかった。

「憐花！　何をしていたのです⁉」

案の定、自分を見つけた瞬間に蘇女官が目を吊り上げて怒りだしたので、永雪は内心でため息をついた。

「申し訳ありません……服が濡れてしまって。劇団の方が上衣を貸してくれました」

「――それなら仕方ありませんね。劇団には私からお礼を申し上げます。ほら、おまえは持ち場に戻りなさい」

――どうなっちゃうんだろう……。

信じられないことに、潜り込んで十日目にして、早速男だとばれてしまった。

飛天に自分を捕らえるような権力がなさそうなのが不幸中の幸いで、それ以外は大失敗だった。

「あーあ……」

仕事が終わって自室の狭い寝台に寝転び、永雪は髪を掻き毟った。

飛天という男は、悔しいけれど核心を衝いていた。

自分は女性として振る舞うには、あまりにも無自覚だった。服に水がかかっても乾くからと頭の片隅で考えていたし、身体の線が露になっても何の危機感も抱かなかった。

三日に一度の風呂だって、近頃は少し油断しながら入っていた気もする。

これは自分がずっと男手一つで育てられていたせいだが、それを責めても意味がない。

女性は肌を見せるのを避けるだけではいけなかったのだ。

親しくなった彩雅たちが、よく自分の正体に気づかなかったな……などと逆に感心してしまうくらいだ。おそらく彼女たちは、永雪が女だという先入観があるから見抜けなかったのだろう。それに、些細な違和感を覚えても、よもや男性が宮女として潜り込んでいるとは思うまい。

そこをあえて疑ってくるあたり、つくづく、あの飛天という男は切れ者だ。

「だめだ」

あいつを褒めてどうする。

ぱんぱんと自分の頬を両手で軽く叩き、永雪は首を横に振った。

飛天は腹立たしい男だったが、それでも、自分には大切な手がかりをくれた。

女性らしく振る舞うことをもっと意識しなくては、場数を踏んでいない永雪では、すぐにぼろを出してしまう。

確かに、あそこで白旗を揚げたのは早計だった。

よく考えれば、胸の大きさなんて千差万別だ。局部に触れられたわけではなかったのだから、白を切り通せばよかったのだ。

飛天だって永雪が「自分は胸が小さい」と言えば、あっさり引き下がったはずだ。宮女の服をひん剝くわけにもいかないからだ。

そういう機転の利かなさも含めて、飛天は自分を間抜けだと評したのだろう。

結局、自分には覚悟が足りなかったのだ。

勇気を振り絞っていざ宮中に忍び込んでみたが、無策だった。

むしろ、これまでの十日が無事だったのが奇蹟だったに違いない。

これからは、違う。

自分の一挙一動が、この先の自分自身を決めていく。

「…………」

それにしても、あの男はお節介だ。何だかんだと、永雪に宮廷での身の処し方を教えてくれていたような気もする。

……そんなはずはないか。気のせいに決まっている。

そこで扉の向こうから「憐花」と声をかけられて、思わず寝台から跳ね起きた。

彩雅だった。

「な、なあに?」

「食事に来ないから心配になってさ。あんた、具合が悪いの?」

衝撃的なことがあってふて腐れていたので、つい、食事の時間を失念してしまっていた。

そんな自分を迎えに来てくれるなんて、彩雅は飛天以上にお節介だ。

そのくせ、それは嫌な気分じゃない。

「今、行くよ」

「よかった。あたし、先に待ってるわね」

「うん」

友達ができるのは厄介だし、本当は誰かと関わりを持ちたくないと思い込んでいた。

けれども、不安に満ちた心には、他者のあたたかさは心強い。

永雪の心に、仄かな火が点った。

「今日の掃除は書物庫ですよ」

「はい」

蘇女官の言葉を聞きながら、永雪はいつものように束子と桶を抱えて移動する。ほかの宮女たちも同様だった。

ほんの数日で季節はすっかり春めき、永雪たちの衣も薄地に替わった。都は牟礼より南方に位置するので、春になるとこんなにも薄着をしていいのだというのが、永雪には驚きだった。尤も、彩雅に言わせると南方の春はこんなものではないのだとか。土地柄によって、春というのは印象も何もかも違うのだ。

「こちらですよ」

蘇女官の言う書物庫というのは、内廷でも北東の方角にあり、『御書房』というのが正式名称なのだとか。とはいえ、御書房ではすぐに通じないので、皆が書物庫と呼んでいた。

月天宮と書物庫とは、国王陛下のおわす乾清宮を挟んでちょうど反対側の位置関係だ。

書物庫は石を切り出して並べた塀に囲まれ、その入り口は黄色い瓦屋根と赤い門扉で閉ざされている。

　ちなみに書物庫に近寄るには少なくとも四つの門をくぐらねばならず、それぞれの門ではいかめしい顔つきの衛兵が見張っている。

　門扉を開けて中に足を踏み入れると、透かし彫りが施された緑色の扉が目についた。緑は若さを象徴し、学び盛りの王子たちに好まれる色だという。

　透かし彫りは植物めいた意匠と、漢字が彫り込まれている。

『王侯将相　寧　有種　乎』——王侯将相に特別な種族があるわけではなく、人は誰でも自分の勉強次第だ——という意味だ。要は、臣下は皆学問に励めという意味だろう。宮廷の書物庫に掲示するには挑発的な内容だ。

「皆、門と入り口の掃除をなさい。それから、憐花」

「はい」

　蘇女官に突然名指しされ、永雪はぴくっと肩を震わせた。

「おまえは書物の名前が読めるはず。本棚の整理を頼まれているから、中に入って掃除をなさい」

「はい」

　永雪は真面目な顔を作って頷いた。

　面倒だな……女のくせに学があると思われたら、嫌がらせでもされかねない。

それでも何の表情も浮かべずに戸を押すと軽々と開き、永雪は緊張しつつ室内に足を踏み入れた。入り口は少し広くなっており、机が据えられ男が一人座っている。

その上体は前に後ろに傾ぎ、明らかにうたた寝している様子だった。

「……あの」

永雪の声を聞き、うつらうつらしていた様子の人物がはっと目を開けた。

「な、なんだ、おまえは。勝手に入ったのか？」

狼狽と怒りの混じった声は、不自然に甲高い。

灰色の地味な服装から見ても、初日に遭遇した春明のような宦官だった。

「いえ、私は月天宮の宮女です。こちらの書物庫を掃除するように申しつけられました」

「ああ、そうか……」

男は欠伸を噛み殺し、そして頷いた。

「そういえばそうであったな。――おい、夏雨！」

男が声をかけると、扉の向こうから夏雨と呼ばれた人物が顔を見せた。

小柄な少年宦官はやはり童顔で、どんぐり眼が特徴的だ。

「あっ」

永雪が視界に入ったと同時に夏雨が急に大声を上げたものだから、宦官は顔をしかめる。

「ど、どうしたのだ」

「いえ、なんでもありません」

夏雨は取り繕うような笑みを浮かべた。

「何なんだ、いったい」

男は夏雨を睨んだ。

「それで、この方……宮女ですよね。何の御用なのですか？」

「ああ、掃除の手伝いに来た宮女だ。掃除といえば宮女の出番だからな」

「助かります。棚の入れ替えをしたかったのですが、一人では終わらなくて」

「急いでやれよ」

「はい」

話しているうちに、永雪はすぐに夏雨の身の上を思い出した。

この少年は、いつだったか荷車を押して立ち往生していた宦官だった。確か彼は、薬園の宦官ではなかったろうか。

「ええと……あの、夏雨です」

「私は馬憐花だ。あなたのことは覚えてる」

「そうなんですか⁉」

先日のできごとから七日と経っていないのに、忘れられるわけもなかった。

「うん。目立っていた」

永雪の口調を聞いて、夏雨は立ち止まった。

「なに？」

「いや、憐花さんって面白いしゃべり方するんだなって」

「あ……ごめん」

もう少し少女らしいやわらかな話し方をしなくてはいけないのだが、つい、疎かになってしまう。

「それ、謝るところじゃないですよ」

書庫にはいくつかの部屋があるらしく、永雪たちの目的地は一番奥のようだ。

永雪は扉の前を次々と通り過ぎていく。

「夏雨は、薬園の宦官じゃなかった？」

「そうです。でも、荷車をひっくり返してしまったあと、憂炎様にお声をかけていただいたのです」

「憂炎様って……？」

「宰相候補のお若い有力貴族です。知らないんですか!?」

「あ……ううん、名前くらいは知ってる……」

そういえば、ここに到着したあの日に憂炎の顔も見たじゃないか。

国王陛下の幼馴染みで、姉は祥妃。

姉弟揃って、その美しさで高名だ――と。

「正確にはお使いの方がいらしたんですけど。てっきり、道を塞いだのを罰されるのかと思ってびくびくしていたら、そうじゃなかったんですよ」

当時のできごとを思い出して興奮しているらしく、夏雨は目をきらきらさせていた。

「どういう意味？」

「僕の仕事ぶりと同僚について、調査してくださったみたいです。それで、もし薬園での仕事が向いていないなら、ほかにできる仕事があると上司に交渉して、引き抜いてくださって」

「だから、異動できたのか？」

「僕、天仙子を育てる係だったんですけど、ほかにもいろいろ仕事を押しつけられてて……そうじゃなくても、地道に植物の世話をするのはどうしても苦手で」

「へえ……」

天仙子は、知名度の高い薬草の一つだ。春に茄子に似た黄色っぽい花が咲き、花弁全体に散らばるどこかおどろおどろしい斑点が特徴だ。鎮静や鎮痛に使えるが、その花の不気味さどおりに、天仙子は劇薬ともなり得た。

「憂炎様に、どうして僕が薬園に不向きなのがわかったのか、謎なんですけど……千里眼でもお持ちなんでしょうね」

いったん首を傾げてから、夏雨はしみじみと頷く。

「夏雨は、あの場にいた、飛天って男を知っている？」

ちらりと頭を掠めたのは、彼の憎たらしい飛天の顔だった。劇団関係者は、自分の贔屓の俳優を出してほしい妃たちに重用され、あちこちの宮に顔が利くらしいから、彼が憂炎に進言したのかもしれない。

「もちろん。彼が劇の台本を書いてるので、宦官のあいだでは有名です。実物にお目にかかったのは初めてですが、ご本人も役者ばりの色男でしたね」

「夏雨は劇に出たことがあるの？」

「まさか。宦官になるとき、最初に剣戟やら何やらをやらされるんですよ。そこで見込みがありそうなものは、そのまま特訓を受けるんですが、僕はからきしで」

「知らなかった」

宦官の世界は、宮女のそれとはまた違っていて独特なようだ。

ひとしきり話し終えた夏雨が最後の扉を開けたので、永雪は「わっ」と声を上げた。

四方の壁面すべてに背の高い書棚が据えつけられ、そこには、ぎっしりと書物が収納されていた。部屋の中央には椅子と卓が数組並べられており、ここで読書もできるようだ。

永雪はぽかんとして、目の前の書棚を凝視する。

「すごい……。これ、どうやって目当ての本を捜すんだ？」

「ここの書物は分類学に則って分類されてます。僕もまだ勉強中で……小説についてなら、少しは詳しいんだけど」

　小説というのは、巷間で講談師によって語られる物語をまとめたものだ。

「ここの所属になると、上司も変わるのか？」

「ええ。それに、宦官の運命は、どなたのもとで働くかで決まるんです。もう本当に、運次第ですよ」

「そんなに違うのか？」

　無言で頷いてから、彼は声を潜めた。

「お優しい上司に雇われればいいですが、でなかったらろくに食事ももらえないんですよ。そもそもその上司だって、お妃様や陛下に贔屓されていればまだしも、そうじゃないと悲惨です」

「あれ？　宦官って上司に雇われるの？」

「そうですよ。僕は海岸地方から、田舎の太監のつてを辿ってここまで来ました。給金は宮廷から出てますが」

「宮女と似たようなものかもしれない」

「宮女は上手くいけば、官吏と結婚できるかもしれないでしょう。けど、僕ら宦官は出口がない。働けなくなったらおしまいですよ」

一度入り込んだら抜け出せない、蟻地獄みたいなものか。

けれども、こちらだって出会いを制限されているのだから、結婚の目はほとんどない。

「ともかく、夏雨がここに来られてよかった」

「はい。それもこれも、憐花さんのおかげです」

「どうして？」

まるで意図が掴めず、永雪は思わず立ち止まる。合わせてそこで足を止めた夏雨は、相変わらずにこにこと笑っていた。

「ほら、あのとき、助けてくれたじゃないですか。あれがすごく目を惹いたから、僕の運が開けたんです。だから、恩返しさせてください!!」

「恩返しって、大袈裟だよ」

永雪は目を瞠った。

「仕事のあいだ怠けてるとかでもかまいませんよ。僕が全部やりますから」

瞳を輝かせる夏雨はどうやら本気らしく、身を乗り出している。

「どんな仕事かはわからないけど、きっと二人でやったほうが早いよ」

永雪が断ると、夏雨は困ったように腕組みをした。

「それじゃ、恩が返せません」

「またいつかでいいよ。それより、ここはたくさんの書物があるんだね。どんなものが置いてあるの？」

これだけの書物が並んでいたら、呉師父は興奮して倒れてしまうかもしれない。

永雪にとっても、この蔵書量は魅力的だった。無論、自分のような一介の宮女に読めるわけがないが、ここには暘国の智が結集しているのだ。素晴らしいことではないか。

「建前では、暘国でこれまでに出版されたすべての書物が集められていると言われています」

「へえ……」

「とはいっても、政に対して批判的な書などは、もちろん収蔵されていません。ここは世間に出回る書物だけど、ほかの部屋にはいろいろな部署の書類などもありますよ」

「部署の書類？」

永雪は首を傾げた。

「ええ。帳面や名簿です。薬園、厨、宮女の名簿……何でも揃ってますよ。そもそも宮廷では、改竄を防止するために、同じ帳簿の写しを二つ作らせるんです。原本はもとの部署に、そして写しはここと西の倉庫に収められます」

夏雨の説明は流れるように滔々としている。

懐宝が滞在した際の記録はないかとの思考がちらりと掠めたが、彼を呼んだのはあくまで貴族だ。公費での招待ではないのだから、記録などないだろう。

「あ！」

永雪がぽんと手を叩いたので、夏雨は驚いたように背中を反らした。

「な、何か？」

「知りたいことがあるんだ。私への恩返しに、質問に答えてほしい」

「かしこまりました！　何ですか？」

「囲碁について」

この世には、囲碁に関する書物が存在するそうだ。もしかしたら、囲碁好きな人が書物庫に出入りしているかもしれない。

「へっ？　囲碁!?」

完全に虚を衝かれたらしく、夏雨は素っ頓狂な声を上げた。

「ここには囲碁に関する蔵書もあるはずだ。なら、囲碁に熱心な人ほど本を探しに来るんじゃないか」

「僕はここで働き始めてまだ三日なので、さすがにそこまでの方には会ってないですね」

素っ気ない返事に、永雪は肩を落とす。

そりゃそうだろうと思い直すまでもなく、夏雨は明るく続けた。

「けど、宮廷で囲碁をお好きな方なら、僕でも何人か知ってますよ」

「教えてくれる？」

「はい！　まずは国王陛下の隆英様」

彼はどう考えても懐宝を招いた人物ではないとわかっていたが、ほかの名前を知りたいので黙っておく。

「次は、薬園を管轄する大臣の湖向寒様。それに西を鎮守する建康将軍。今し方お名前が出た、憂炎様。ほかは僕以外の太監ですね」

「えっ……つまり、ほとんど全員じゃないか」

囲碁の遊び方は複雑だ。勝ち負けを判断するのも、一目では難しい。さすがにそんなに流行っているとは思い難い。

「そりゃあ宮廷での一番の人気は麻雀ですが、上の方がお好きな遊戯をできれば、覚えもめでたくなりますから」

「なるほど」

まいった。これでは何の手がかりもないのと同じだ。

そもそも、夏雨が自分に心を許してくれている様子なのはわかっているが、だからといって味方なのかと判断するのは早計だろう。

「意外ですね。憐花さんは囲碁を習いたいんですか？」

「そういうことになる」

そうではないのだが、誤解してもらったほうがよさそうだ。

「ふーむ。講義なんてないですからねえ。あれば僕も教わりたいくらいです」

軽口を叩いたあと、夏雨は「ともあれ、囲碁の書物を探して貸しますよ」とさらりと述べた。

「いいの？」

「ええ。前例はないかもしれませんが、宮女がだめとは聞いていませんから」

「おーい、夏雨」

そこで遠くから声が聞こえ、夏雨は「あっ」と言って立ち止まった。

「ちょっと、あっちへ戻ってます。ついでに囲碁の本の場所を調べてきますから、その本の整理をお願いします」

夏雨が急ぎ足で出ていったが、整理の具体的な方法を聞きそびれてしまった。

仕方なく、永雪は積まれていた書物のうちの一冊に手を伸ばして広げてみた。

「行行重行行……」

呉師父に学んだ古詩が目に飛び込んできて、懐かしさに駆られて読み進めていると、不意に、背後に人の気配を感じた。

「ごめん、何をすればいい？」

振り向きながら問うた永雪は、大きく目を見開く。

「ここで何をしている？」

違った。

　入り口に立っていたのは、先日から自分の心を掻き乱す張本人――暁飛天だった。

「聞こえなかったのか？　何をしているんだ？」

「何って……」

　詰問するような口ぶりに、つい、永雪は口籠もった。

　事情はどうあれ、自分が宮女としての仕事を怠けているのは明白だった。

「ここは陛下と臣下の書庫だ。おまえたち宮女のための書物はない」

　さすがにこの発言には神経を逆撫でされ、永雪は掌を握り締める。

　先ほど、夏雨は宮女がだめとは聞いていないと話していたではないか。

「掃除に来たところ……です」

　そういえば飛天にはもっと宮女らしい言葉遣いをせよと窘められたのに、すっかり忘れてしまっていた。

　また間抜けだと決めつけられそうで、想像するとむかむかしてくる。

「掃除？」

「当番なんです。何か問題でも？」

　どうしてなのか、永雪は飛天に挑発的な態度を取ってしまう。

「ただ本を読んでいただけに見えたが」

「ここにあったので、どこに片づければいいのかと内容を確かめていました」

「ふむ、このあいだは大道の塀を拭いていたな。宮女たちは、任されてる範囲が広すぎないか。それじゃどこも中途半端になってしまう」

「そんなの、上に聞いてください。こっちはあちこち引っ張り回されて、くたくたなんです」

「そもそも書庫の掃除は、ここを管轄する官吏と宦官の仕事だ。手が回らぬのはおかしいはずだ」

何だか妙に詳しいが、それも永雪が知ったことではなかった。

「劇団なんかに金を割いているから予算が足りないんじゃないですか。娯楽に金を割くのは、最後でしょう」

「確かに、それは言える」

なぜだか飛天が同意したので、永雪は目を瞠った。

「ええと……」

親しくもないのに絡んできた相手とこんなふうに世間話に興じたかったわけではないのに、何を言えばいいのかわからない。

「――解せんな」

ふう、と飛天は息をついた。

「え？」

「その顔立ちに加え、古詩を暗誦する程度の教養が身についているのであれば、官吏は無理でも宦官のほうが出世の道は開けただろう。おまえならば、妃が引き立ててくれたはずだ。どうして宮女を選んだ？」

永雪の暗誦を聞いていたのに、あえて素知らぬふりをしていたのだ。あなどれない男だとの認識を新たにする。

「そんなこと、赤の他人に話す筋合いはありません」

「そう、けんか腰になるな」

「そっちが絡んできたんでしょう」

「わかりましたよ、憐花さん！　囲碁の書は……」

言いながら駆け込んできた夏雨は、飛天の姿を認めてぎょっとした様子だった。

「あれ、飛天さん……？」

「夏雨だったな。仕事には慣れたのか」

飛天が確かめるように尋ねると、夏雨は「あ、はい」と歯切れ悪く首肯した。

飛天は夏雨がここに配置が換わったと、知っていたのか。ならば、憂炎に進言したのはやはり飛天なのかもしれなかった。

「囲碁の書というのは何だ？」

「ああ！　それは憐花さんが、囲碁について勉強したいということだったので」

よりによって飛天に教えなくていいのに、口止めする間もなかった。

「――囲碁、か」

「ええ。飛天さんはどうですか？　僕は麻雀は好きですが、囲碁は不可解で」

「麻雀は運の要素が絡むからな、俺はあまり好きじゃない」

「そこが魅力だと思いますけどねえ」

「囲碁なら、俺も嗜んでいる。書物で学ぶのもいいが、誰かに教わったほうが早い」

「理屈はそうだけど……」

永雪は唇を嚙む。

べつに自分は、囲碁を習いたいわけではない。そこを手がかりに、父が死なねばならなかった理由を知りたいだけだ。

「それより、ここの掃除に来たのだろう？　俺は勝手に本を探すから、好きにしろ」

踵を返した飛天から目を逸らし、永雪は夏雨に向き直った。

「夏雨、どこを掃除すればいいの？」

「あ、では、こちらの棚をお願いします。埃が溜まってしまって……」

最初は飛天の纏わりつくような不快な視線を感じていたが、やがて、視線のことなどどうでもよくなっていた。

いつの間にか彼が静かに書物庫を出ていったことに、永雪は暫く気づかなかった。

月天宮のすぐ隣には、小さな祠がある。

ここには病気を治してくれる保生大帝が祀られており、既に誰かが捧げた供物が置いてあった。永雪は神に祈らないと決めた以上、その祠は無視している。

「憐花」

食堂に向かう前に蘇女官に呼ばれ、永雪は「はい」と立ち上がる。

蘇女官の蒼白い顔色を見て、緊張から腹のあたりがひやりとする。もしかしたら飛天が、自分が怠けていたとか、じつは男だったとか、彼女に何か告げ口をしたのではないか。

そんな卑怯な真似をするようには見えなかったが、あいつは計り知れないところがある。

「どういう風の吹き回しかしらね」

「……はあ」

いったい何がどうなのか、この話の展開ではまったくわからない。

「明日からおまえがお妃の囲碁の練習相手になれと、芙蓉宮から使いが来ましたよ」

「え⁉」

想像だにしていなかった言葉に、永雪は文字どおり仰天した。

芙蓉宮には国王陛下の妃嬪の一人である祥宝姫——すなわち祥妃が住んでいる。

「わ、私が？」

「そうです。こんなことは前代未聞ですよ。囲碁なんて、心得はあるのですか」

厳しい口調に、永雪は身を縮こまらせた。

「それは……全然、ないです」

「ええ？　何かの間違いかしら」

蘇女官の顔には不審という感情が文字になって貼りついているようだ。

疑いようもなく、飛天の仕業だろう。

しかし、どうして？

招待に応じてのこのこと出かけていったら処刑されるなんてことも、ありそうだ。あるいは、例を見ない男の宮女を晒し、笑いものにするつもりかもしれない。

だが、せっかく摑んだ機会だ。

飛天の狙いがいっさい不明である以上は、大きな危険を伴う。けれども、それを冒すだけの価値は見出せるかもしれない。

永雪はすうっと一度深呼吸をしてから、平静を装って口を開いた。

「書物庫で宦官の方と囲碁のお話になり、いつか勉強してみたいと申し上げました。そのご縁かもしれません」

「人の運命なんて、わからないものねえ」

蘇女官は首を傾げる。

「確かに、大臣やお妃のあいだでは囲碁が流行ってるのよ。だからって素人を呼びつけるなんて」

「お断りしたほうがいいのでしょうか？」

「まさか！　祥妃様は国王陛下の寵愛も深く、そのうえ宰相候補である憂炎様の姉君。ただの宮女が断ったら大変な事態ですよ。私の監督不行き届きを問われかねないわ」

やだやだと呟き、蘇女官は顔を曇らせる。

「とはいえ、おまえには仕事の割り振りがあります。負担を減らせませんよ。仕事をきっちりやって、帳尻を合わせてから行くように」

「はい」

出かけていって無事に帰ってこられる保証はないが、かといって断るのもだめだ。

ここから道が開けると信じるほかなかった。

食堂へ向かうと、宮女たちがきゃらきゃらと騒ぎながら食事を始めていたが、彼女たちから食に対する不満が聞かれるようになった。

日々の食事は一汁一菜で、相変わらずひもじい。

空腹を満たすために時折訪れる行商人から飴の類いを買うことはできるが、まだ給金が出ていないため手持ちの金がほとんどなく、それを使ってしまうのも気が引ける。

敷地には宮女たちが暮らす建物がいくつもあるが、まったく交流がない。従って、ほかの宿舎の宮女たちがどう過ごしているのかは、よくわかっていなかった。

「憐花、さっき女官に呼ばれてたけれどどうしたの？」

隣に座った彩雅に問われ、永雪は包子を手に取って答えた。

「あ……うん、芙蓉宮に行かなくちゃいけないんだ」

「ええっ」

彩雅が目を見開く。

「どうして？　何かへまでもしたの⁉」

「そうじゃない。私を何だと思ってるの」

永雪が唇を尖らせると、卓のほかの子が声を上げて笑った。

「だって、憐花ってどっちかっていえば、がさつでしょう……言葉遣いもおかしいし、掃除に行った先で何かやらかすんじゃないかと、心配で」

「う」

永雪が言葉に詰まると、少女たちは心配そうに顔を見合わせる。

「それで、どういう用なの？」

「何だか、囲碁の用事らしい」

「どういう意味？」

彩雅はきょとんと目を丸くする。

「わけがわからないけど、行ってみる」

「憐花、碁なんてわかるの？」

不安そうに表情を曇らせ、彩雅は永雪の顔を覗き込む。

「さっぱりだ。白と黒の石を使うってことしか」

「そう……心配だわ。何か別の用事じゃないわよね？」

案じてくれる彩雅に対し、永雪は「大丈夫だよ」と微笑む。

裏に何があるか見えない以上は怖いが、ただ恐れていても何も始まらない。

まあ、なるようになるさ。

自分は意外と肝が据わっているのだなと、永雪は変なところで感心してしまった。


翌日。

仕事を懸命にやって何とか午後の早い時間に切り上げ、永雪は芙蓉宮へ向かった。

永雪自身は身を飾る趣味はなかったが、見苦しくないように顔はきっちり洗った。

しかし、それ以上特別なことをせず、永雪が髪も結わずに出かけようとするのを見咎め、蘇女官はこれ見よがしのため息をついてから髪を結わえてくれた。

そのうえ、わざわざ朱色の襦と裙を出してきて、着替えるようにと言った。

「これ、女官のですか？」

「いいえ。何かしら宮女に呼び出しがかかることもありますから」

確かに、蘇女官のものにしてはだいぶ派手な色味だった。

おまけに「これじゃあまりにもみすぼらしいわ」と、出がけに唇に紅を引いてくれたほどだ。厳格な蘇女官にここまでさせるとは、自分はよほど酷い身なりのようだ。

「おまえはもとがいいのに、ちっとも頓着しないんだから……」

「すみません」

こういうときに、蘇女官の優しさを感じてしまう。

宮廷での暮らしは気が張っているし大変だったが、それでも、こうして自分に情をかけてくれる人がいると思うと、ほっと息をつける。

口紅を塗った唇は感触が気持ち悪くとも、舐めないようにと厳しく注意された。しかも、次に商人がやって来る日には彩雅に見立ててもらって紅を買うようにと言い渡された。

紅を引いて多少身なりを整えただけで印象が変化するらしく、通りすがりの官吏や宦官にじろじろと顔を見られた。

何だか、嫌な気分だ……。

照れくささに頬が熱くなってくる。

「ええと……ここを曲がるんだっけ」

門を二つ、三つと抜けていく。

塀の隙間から見える芙蓉宮はほかの建物と同じく鮮やかな朱塗りで、ところどころに黄色と緑が使われている。

ここには妃嬪のための十二の宮殿があり、前王の時代は全宮が埋まっていたのだという。妃嬪たちの争いは今よりもずっと激しく女の戦いだったたと、彩雅たちが噂をしていた。

この宮殿のすべてに妃嬪が住んでいたなんて、信じられない。

「すごいな……」

不用心だが、昼間だから門を開け放っているようだ。おそらく、出入りするものが多いのだろう。

門前で足を止めた永雪を見咎め、厳しい面持ちの衛兵が「何やつだ」と声をかけてきた。

衛兵は二人おり、いずれもものものしい鎧を身につけている。

「私は月天宮で働く馬憐花と申します。本日、囲碁の会があるのでこの時間に参ぜよとのことでしたが」

「ああ、それは聞いている。中で女官が待っているので、そのものに尋ねよ」

「ありがとうございます」

膝を軽く折ってお辞儀をすると、男は一瞬憐花に見惚れてから咳払いし、「行け」と顎をしゃくった。

門を抜けると、そこは前庭になっており、季節の花が揺れている。

石畳が敷かれていない部分には庭木が植えられ、梅が小さな蕾をつけている。金魚鉢だろうか、水を湛えた陶器の大鉢も置かれていた。

目の前に見えるのは妃が暮らす主殿で、脇にある偏殿は女官たちが住むのが常だ。

大鉢の傍らには蓮の刺繍が美しい薄紅色の服に身を包んだ秀女が立っており、永雪を見て「いらっしゃい」と笑んだ。

長い髪をくるくると巻いて団子にしているが、その髪はつやつやで手入れされているのがよくわかる。

「あなたは、憐花さんでしたね」

「あ、憐花でいいです。どうか呼び捨てで」

「じゃあ、憐花、私は詩夏よ。よろしくね」

人懐っこい口ぶりで、彼女はにこりと笑った。

詩夏は永雪と違って秀女なので、貴族や地方の豪族の娘なのだろう。身なりも垢抜けているし、何よりも言動が優雅だった。

しかも、永雪を馬鹿にするような態度がない。

おそらく、主の祥妃による教育が行き届いているのだろう。

「詩夏さん、こちらこそよろしくお願いします」

「あら、私も呼び捨てで平気よ」

「宮女と詩夏さんでは、そちらのほうが上でしょう？」

「同じ宮殿で働くならまだしも、今日から一緒に碁を習う生徒なのよ。上下関係はないと思うわ」

詩夏が先導してくれたが、彼女の顔つきは明るい。何か企んでいる様子にも見えないので、いきなり処刑の道はなさそうだと内心で胸を撫で下ろした。

「こちらです」

扉をくぐるとすぐに広間で、来客を迎え入れる場所のようだ。

……げっ……。

豪華な木製の椅子には麗しい女性が座っていたが、最悪なことに傍らにはあの飛天が立っていた。

普段着だからか、祥妃の淡い紫の衣装に刺繍されたのは愛らしい仔犬の模様だった。彼女は首と耳、腕には重そうな装身具を身につけており、いかにも品がよさそうでおっとりと見える。

想像以上に、若い。

化粧をしっかりしているけれど、肌の張りがあって二十代ではないだろうか。

大きな目は長い睫毛で縁取られていて、いかにも愛くるしい。

飛天がじろりとこちらを睨んだのに気づき、永雪は急いで両膝を突いて頭を下げた。

敷物は孔雀の羽が刺繍されたおめでたい柄で、踏んでしまうのも躊躇われる。

「来たのか。来ないと思ったが」

祥妃の前なのに、飛天は妙に偉そうだ。

勝手に呼びつけておいて、いったいどういう台詞なのか。

「そんな失礼なことを言うものではありませんよ。憐花、でしたね。どうか顔を上げてちょうだい。ほら、飛天は謝って」

「これは失敬、憐花殿」

祥妃に窘められ、飛天が慇懃に頭を下げる。そういう仕種ですら、謎の貫禄があるから不思議だった。

「憐花、こたびは私たちのお願いを聞いてくれてありがとう」

「こちらこそ、お招きありがとうございます。ですが、事情がまだ呑み込めていないのですが」

相手の気を悪くさせないよう、永雪は慎重に言葉を選ぶ。

「あら、それはそうね」

祥妃は薄桃色の唇の両端を上げ、甘く笑んだ。

「私たち……ああ、私と詩夏の二人よ。二人とも囲碁を覚えたいのだけれど、二人だと馴れ合ってしまいそうじゃない？　それで、もう一人生徒が欲しくて。だけど、この宮殿には手を挙げてくれる子がいなかったの」

やわらかな祥妃の口ぶりは人懐っこく、彼女が自分よりも年上なのが信じられなかった。

「祥妃…様は宦官を同席させたいとまでおっしゃったのだ」

「でも、この子は頭が固いから、それでは問題だって叱られてしまって」

この子……？

叱られる……？

彼らは、いったいどのような関係性なのか。

「私から申し上げよう」

こほんと咳払いを一つしてから、飛天は自分の顎髭を撫でた。

「はい」

「宮廷には、古来多くの勢力が存在する。ざっくりと説明すれば、国王陛下、大臣、貴族、官吏、宦官。国王陛下と大臣の関係が良好ならばいいが、でなければ、均衡を保つ努力も必要だ。また、妃は有力貴族の娘が送り込まれるが、やはり尊重されるのは跡取りを産んだ女性になるものだ」

「…………」

「後宮では圧倒的に男性が少ないせいで、中には宦官と情を交わすものも出る。そうでなくとも、宦官を重用すると思われれば、取り入ろうとするものも現れる。そうした連中を避けるため、疑われぬ相手を招くべきだと進言したのだ」

滔々とした言葉に、永雪はうっかり聞き惚れてしまう。

飛天の声はなめらかで美しく、聞き手の好悪の感情はどうあれ、耳を優しく震わせるからだろう。

「……あの」

発言をしたくてすっと永雪が手を挙げると、飛天は片眉を上げた。

「何だ？」

「宦官がだめなのに、飛天さんがここにいらっしゃるのはどういう理由ですか？」

「それは……その、陛下から特別な許可をいただいている」

「それに、宦官は性別を捨てたのではないのですか？」

それを聞いた飛天はもう一度咳払いをする。

「気にするな。自然の摂理は一筋縄ではいかぬ」

けむに巻かれたが、おそらく、宦官としての処置が上手くいかず、男性としての機能が残っているものもいる――という意味か。

だからこそ、妃たちは妙な噂が立つのを恐れているのだ。

「――理解いたしました」

永雪は頷き、再び口を噤む。よけいなことを口走って、聞き咎められるのが恐ろしかった。

「あなたの面倒な講釈を一度でわかってくれるなんて、聡明な子ね」

「この私が、あえて嚙み砕いて申し上げたのです」

「あらあら。では、囲碁の講義は阿憂…じゃない、飛天にお願いするわ」

阿憂と聞こえたが、誰の名前だろう？

阿をつけた名前は、幼子の愛称だ。永雪も幼い時分は、父や周囲に阿雪と呼ばれていた。

つまり、妃と飛天は幼馴染みとか、親しい間柄なのかもしれない。

「うむ。早速講義に入ろう」

飛天はそう言うと、囲碁の石を手に取った。

「ふふ、こういう授業っていいわね。師父につくのは何年ぶりかしら」

祥妃が楽しげに微笑んだ。

「先にいくつか質問をよろしいでしょうか」

「どうぞ」

「囲碁を師に教わるのは、身分の高い方にはよくあることなのですか？」

この問い方であれば、怪しまれないはずだ。

「それは飛天のほうが詳しいわ」

「えっ？」

失礼にも聞き返してしまったが、祥妃はまったく気に留めていない様子だった。

「宮廷で人気なのは麻雀だが、国王陛下は、囲碁と象棋を好まれている。そのため、近頃は貴族のあいだでもこの二つを嗜む人物が増えているんだ。とはいえ、陛下はかなりお強いので、並の腕では歯が立たない。おまけに陛下は、わざと負けられるのを厭う。むしろ負かされると、かえって機嫌がよいくらいだ。だからこそ、中には、囲碁を熱心に学ぶ輩もいるわけだ」

本気でぶつからないと、陛下が満足しないという話のようだ。

「では、宮中には囲碁の師父がいるのですね」

「貴族の中には、腕利きの碁打ちを呼び寄せて教えを乞うものもいるらしい」

ざわりと胸がざわめく。

父もそのうちの一人なのだ……。

「……そう、だったのですか」

「憐花、顔色が悪いわ。面倒な話を立て続けにされて疲れたんじゃなくて？」

「放っておいた方がいい。これくらいで挫けていたら、碁なんて習えませんよ」

「そうかしら」

祥妃は気遣うような様子を見せる。その寛大さに、永雪は感心してしまう。

祥妃から見れば自分はただの小娘で、もっと奴隷に接するかのように尊大に振る舞っていいはずだ。

なのに、祥妃はあくまで優しい。

それは人の上に立つものが施す、無償の優しさなのだろう。

「そういえば、憐花、あなたは文字が読めるんですって？」

「ひととおりですが……」

永雪が躊躇うと、祥妃は微笑んだ。

「勉強したいという気持ちがあるのは、素晴らしいわ。それを聞いて、私もあなたにお願いしたかったの。どうかよろしくね」

「もったいないお言葉、ありがとうございます。こちらこそ、勉強をさせていただけてとても幸せです」

考え続けていた言葉を口にすると、彼女はぱっと表情を輝かせた。

「一緒に頑張りましょうね」

何の思惑もなさそうに言われると、心が浮き立つ。こんなこと、初めてだった。

祥妃様、か。

　この煌びやかな人のためなら、自分は奮い立ってしまうかもしれない。それほどまでに、彼女は明るく華やかで、心を健やかにする存在だった。

　祥妃がいるなら、きっと宮廷は大丈夫だ。

　わけもなく、永雪はそう思った。

「憐花、ここにいたの」

　走ってきたらしく、彩雅は息を切らしている。永雪はちょうど、詰め碁の本を読んでいるところだった。

「どうしたの？」

「隣の宿舎に、装身具を売る行商人が来てるんですって。もうすぐここに回ってくるそうよ」

「ふうん」

　永雪が大して興味もなさそうに聞き流すと、彼女は首を傾げた。

「興味がないの？　厳家の行商人よ？」

「厳家？」

「厳家の装飾品は有名なのよ？　宝玉を専門に扱っていて、厳家といったら宝飾品なんだから。それも知らないなんて、本当に、あんたって変わってるわよねえ」

彩雅が息をつく。

「ほら、買いに行きましょ？」

「なんで？」

「祥妃様の前に出るのに、さすがに釵の一本もないのはまずいわよ。それなりに流行りのものだって手に入れないと」

「……だって、上手くできないから」

「大丈夫よ。今度、あたしが髪の結い方を教えてあげる。あんたは髪はつやつやで顔も綺麗だから、それだけでぱっと華やかになるわ。憐花はどうして見た目に頓着しないの？」

「宮女が身綺麗にしたって、いいことはないよ」

「あら、官吏に見初められるかもしれないわよ？」

「彩雅は官吏と結婚したいの？」

「そりゃあもちろん！」

彩雅は胸を張った。

「うちは南方で大きな河のほとりに住んでいてね。父ちゃんは漁師なんだよ」

「へえ……」

「でも、去年怪我をしたせいで漁に出るのがつらいって言うようになって……それであたしが宮女になったの。お金もできるだけ仕送りできるように頼んだのよ。でも、ここからは出たいじゃない？」

「彩雅は偉いな……うちは、父さんと私一人の暮らしだったから」

「だから、髪の結い方もわからないのね」

「うん」

永雪はこくりと頷いた。

「けど、父さんが死んじゃったから、ひとりぼっちになって。行く当てがなくなって、ここに来たんだ」

「そう……」

呟いた彩雅は、いきなり両腕を回して永雪をぎゅっと抱き締めた。

「ひゃあっ!?」

驚愕のあまり永雪が声を上げると、彩雅は「ええっ」と驚いて後退る。

ふにゃっとやわらかいものが身体に当たって、狼狽に全身が強張った。

「そ、そんなにびっくりした？　北のほうじゃこういうことしないの？」

「……あんまりしない……」

南では、こんなふうに少女同士が抱き合うのは普通なのか!?

ふわふわして、あったかくて……何だかどきどきしてしまう。

「あたし、あんたが頼りなく見えて……でもさ、あたしたちがいるよ。あんたが困ったら、あたしたちがどうにかできる」

「うん」

彩雅は言葉ではなく行動で、永雪に自分の感情を伝えてくれたのだ。

「とにかくさ。今回はあたしと一緒に見てくれない？」

「どうして？」

「次の刺繡の意匠で迷っているの。それで何か摑めないかなって」

「刺繡？」

苦手な分野の手仕事だけに、永雪は表情を曇らせた。

「あんたに刺繡なんて頼まないわよ。安心して」

「よかった」

胸を撫で下ろす永雪を見下ろし、彩雅はころころと笑った。

「今度、薫妃様のために、衣を仕立てるのよ。お父上のお祝いに着られるそうだから、まずは図案を出すところから始めるのだけれど……何か手がかりが欲しいのよね」

「それなら、兎は？」

「兎？」

「薫妃様は卯年の生まれだ」

「それはいいね。兎は愛らしいし、素敵な図案になるかも」

彩雅は破顔した。

そのとき、頭上にふっと影が差した。永雪がそちらを見やると、彩雅と同じ刺繍工房に通う白露がそこに立っていた。

白露とはほとんど話をしたことがないので、永雪はなぜかどきっとした。

彩雅の話によると白露はとても刺繍が上手いらしく、蘇女官にも褒められるらしい。だが、妃の衣を縫うほどではなく、才能を燻らせているのだとか。

「白露、何か用？」

「行商人が来たわ。あなたたちは見に行かないの？」

わざわざ呼びに来てくれたらしい。

彼女はふいと身を翻したので、お礼を言うのも難しい。

「行くわ。さあ、あんたも」

「ええ……」

戸惑いつつも彩雅に腕を引かれて、永雪は仕方なく立ち上がる。

「ねえ、さっき抱きついて思ったんだけど、憐花ってちっとも太らないわね。腕もごつごつしていて、男の子みたい」

「………」

図星だった。

思わず冷たい汗が、つうっと背筋を伝い落ちていく。

身を強張らせた永雪に気づいたのか、彩雅はぱっと手を離す。

「やあね、冗談だってば。黙らないで？」

「……うん」

これはちゃんと笑顔に見えているだろうか。

不安を抱きつつ、永雪はぎこちなく微笑んだ。

五

「つ…疲れた……」

永雪は芙蓉宮を出ると木陰に隠れ、そこに腰を下ろした。

さすがに宮女の仕事と囲碁の勉強の二刀流は体力を消耗し、へとへとだった。

二日おきに祥妃のもとに呼び出されているので、そのために仕事を早めに切り上げなくてはいけない。両立が難しくて悩んでいると、蘇女官のはからいで永雪は皆の代わりに月天宮の共用部分の掃除を任された。

もともと風呂掃除をしていたので、それに厠や廊下が加わってもどうということはない。むしろ、気持ちが楽だった。

しかし、それと疲労は別だ。

「情けないな。そんなところに座り込むとは」

振り向かずともわかる飛天の声に、永雪はついしゃっきりと立ち上がる。

「座ってない！」

「虚勢を張るな」

「誰のせいでここまで疲れていると？」

「祥妃…様の我が儘につき合わせてしまって、申し訳ない」

「………」

意外な発言に永雪は目を見開き、飛天のくろぐろとした目を見つめた。

そういえば、この男は髭なんてなければずっと若々しく見えそうなのに、どうしてわざわざ髭を生やしているのだろう？

「……何だ？」

「いえ、罪の自覚があるのに驚いただけ」

「罪とはまた重いことを言う」

飛天は肩を竦めた。

「おまえたち宮女の仕事が大変なのは、俺とて承知している。それでいて、祥妃様の頼みを拒めなくておまえを駆り出してしまった。いくら俺でも、申し訳なさくらいは感じるものだ」

永雪は少し目を細めてから、頷いた。

「べつに、かまわないけど」

「言葉遣いを改めよ。祥妃様の前でないからといって、気を抜き過ぎだ」

「は？」

いきなり注意されて、永雪はしらけてしまう。

「おまけにその態度は何だ？　とても女性には見えぬ。自分の演じる役柄を思い出せ」

「う」

言葉に詰まった永雪を、飛天はじろりと睨めつける。

「それでは、俺がおまえを成敗するより先に捕まるぞ」

「じゃあ、なんで、私を見逃すんだ」

「大事をなす人間は、もっと上手く振る舞うからだ」

「は⁉」

ここに潜り込めただけでも十分な実績なのに、そこを詰られるとは心外だった。

「おまえは騒ぎを起こすわけでもなく、宮女の真似事に身をやつして真面目に働いている。それが解せぬ。いったい何を探している？」

答えられなかった。

「単に飢えない仕事を求めているだけであれば、そのご面相だ。娼館にでも行って身体を売った方が早かろう。女も男も関係なく、引く手はあるものだ」

「そうなのか⁉」

永雪が声を上擦らせると、飛天は噴き出した。

「だから、言葉遣いをどうにかせよ。俺に思うところがあるのはわかっているが、それでは目立ってしまう。そのうえ、おまえは馬鹿みたいに世間知らずだからな」

ずけずけと言われて、さすがの永雪もむっとした。

「どうせ、何も知らない……ですよ！　ずっと村の中だけで暮らしてきたんです。外の世界のことなんて、何も知らなかった……」

「家族はいないのか」

言葉遣いはこれならよかろうと胸を張ったが、彼は違うところに引っかかったようだ。

「……いません」

いたけれど、もう、いない。

「そうか。それはすまぬ」

飛天の声が沈んだものに変転した。

「謝る必要はないでしょう。世の中、親のいない子どもなんていくらだっています」

逆もまた然り、だ。

「それでも……それでも、みなしごがまともに暮らしていけないのであれば、それは政が悪い。ならば、我々の責任になる」

視線を落とした飛天の表情は暗く、そして、その面持ちは悔恨に満ちている。

それは、永雪を送り出さざるを得なかった村長の表情に似ていた。

大人なのに何もできないと、悔しさを覚える人間の顔つきだ。

「だって、あんた……あなたはただの劇団の人間だろ……でしょう？　政治なんて、あなたには関係ないのでは？」

「あ、ああ……」

どこか慌てたように、飛天はこほんと咳払いをする。

「我々大人たちの責任、という意味だ」

「変なの。普通の大人は、政治の責任なんて取らないのに」

「……うむ」

困ったように飛天は視線を巡らせ、それから、ため息とともに永雪の頭に手を置いた。重い。

「だが、やはり、まだ十三、四の子どもが食いっぱぐれて彷徨うのであれば、それは、大人の責任といえるだろう？」

「そうかもしれないけど、うちは貧しい村です。誰かが引き取ってくれても子ども一人が増えたらやっていけないよ。そんなの、誰だってわかります」

「……そう、だな」

ふっと飛天は笑んだ。

「おまえはどこの出身なんだ？」

「牟礼」

答えてしまってから、永雪はひやりとしたものが胃を撫でるのを感じた。

言ってしまってよかったのか。

牟礼から宮廷に来る人間なんて、さして多くはないはずだ。懐宝のことを知っているとは限らないが、万が一はある。そこから、永雪の正体を悟られる可能性は十二分にあった。

だが、一度口に出したことは変えられない。

「牟礼か……北方だな。さぞや長旅だったろう」

「はい」

まさか牟礼を知っているとは思わず、永雪は内心で驚いていた。

「もう一度聞く。どうしてこんなところまで来た？」

「私が何も知らないから……です」

永雪は告げる。

「私たちは、庶民だから、貧しいから、無知で終わってしまう。上の都合でいいようにされる。でも、それじゃ嫌だ。それじゃ終われないんです」

飛天は目を細めて、真意を探るように永雪の顔を眺め回した。

「なんだ、国王の財宝の在り処でも知りたいのか」

小馬鹿にするような口調には無駄に反論せず、永雪は首を横に振った。

ここからだ。これからの答えが肝要だ。

この男を味方につければ、きっと役に立つ。今を逃す手はない。

飛天はおそらく、事情がわかりさえすれば永雪を認めてくれるはずだ。

味方につけるならば、この男には、自分を信じてもらわなくてはならない。

ただの口先ばかりの反論に走るのではなく、もっと強いもの、それこそ志を見せなくては。

「そんなもの、いりません。金があったとしても、私の家族は戻らない」

「金のためでないなら、理由は何だ？　くだらない理由ではあるまいな」

「くだらなくなんかない！　義のためです！」

そうだ。

勢いで発したが、自分が求めているのはそれだったのかもしれない。

義とはものごとの道理で、人が行うべき道のことだ。

懐宝の死は、どう考えても道理に外れている。だからこそ、その原因を究明して犯人を知り、糾弾するのは永雪にとっては当然だった。

「――義か……言ってくれる」

一拍置いて飛天は呟き、表情を引き締めた。

「この国に義があるのか。それは俺にもわからん」

「そうなのですか？」

まさかそんな結論は想定外で、永雪は聞き返してしまう。

「義は時に、政や情やらに呑み込まれて隠れてしまうこともある。なのにおまえは、それを探しにこんな危ういところまで、のこのこと……」

飛天はどこか、困惑したような口ぶりだった。

「おかしいでしょうか」

「そうではない。感服したんだ」

——笑わなかった。予想外の返事に、永雪はかえって立ち尽くす。

「おまえは間違ってはいない」

「え……」

「どうした、自信を持て」

飛天は永雪よりもずっと年上なのに、こちらの主張を子どもの夢だと嘲らないのだ。

そんな人は、これまでに出会ったことがない。

嫌なやつだと思っていたけれど、考えてみれば彼は彼なりに、一本筋が通っている。

「おまえの言い様に免じて、当面は見逃してやろう。だが、いくら感服したとはいっても、おまえの行動が目に余るようであれば、そのときは容赦しない」

「…………」

永雪はぽかんとして、それから耐え切れずに噴き出した。

「な、何だ？　ここは怖がるところだ」

気を悪くしたように、飛天が片方の眉を上げる。

「だって、まるで自分にそれだけの力があるみたいだから」

「え、ああ、それは」

飛天はどこか気まずそうに口籠もり、そして首を横に振った。

「私は祥妃様に贔屓にされている。祥妃様から陛下のお耳に入れれば、おまえのような宮女はすぐに捕まえられる」

彼は胸を張ったが、永雪は「そうでしょうか」と否定を放った。

「なに？」

「祥妃様はお優しく、何よりも賢いお方です。一方の言い分で動かない。たとえ宮女であったとしても、私の言い分にもきっと耳を傾けてくださるはずです」

「祥妃様になら、おまえの目的を言えるのか？」

「必要とあらば」

それを聞いた飛天は、「ふむ」と相槌を打って口許に笑みを浮かべる。

「大した田舎者だ」

「は？」

「褒めてるんだよ。おまえの非凡さは、その美しさだけではないな。そのうえ、おまえにはいい『目』がある。それはおまえの才だ」

「才って？」

そんなことを褒められるのは初めてで、心がぐらりと揺らいだ。

「この宮廷を泳ぐには必要な力だ。おまえはほんの二、三回しか会っていない祥妃様の本質を見抜き、いつ、誰を味方につければいいのかをしっかりと心得ている。おまえは今、俺を口説こうとしていただろう」

「う」

図星を指されて、永雪は言葉に詰まった。

「危うく、俺の心まで動くところだった」

飛天はそう言うと、芝居がかった仕種で自分の心臓のあたりを軽く押さえた。

「おまえがもし言葉どおりに変わらぬ真理を求めるなら、何か大事を成し遂げるかもしれないな」

「褒めてるんですか？」

「ん？　褒め言葉に聞こえないのか？」

「いえ」

彼が不満げな反応を示したので、永雪は慌てて否定した。

「私はあなたを口説き落とせたんですか？」

「さて、どうかな」

飛天はにやりと笑った。

「いつまでもここにいては、月天宮のものが心配する。早く帰ったほうがいい」

「はい！」

どうしてだろう。

飛天の言葉こそが、永雪の胸に染みていく。まるで冬場に手を翳す焚き火みたいに、心も身体もかっかと火照らせていくのだ。

これはいったい、どういう意味なんだろう？

「ええ、また」

「またな」

とにかく、最後くらい少女らしく振る舞わなくては。

永雪がにっこりと笑うと飛天は一瞬ぽかんとして、それからなぜか小さく呻いて、くるりと踵を返す。

え……今の、何？

またもや、自分は何かしでかしてしまったのだろうか。

言い知れぬ不安が込み上げてきたが、飛天は足早に立ち去ってしまい、その姿はどこにも見えなくなっていた。

「憐花、遅いよ」

彩雅が唇を尖らせ、卓を指さす。そこにはわずかばかりの汁物と、炒め物と、すっかり冷めて固くなってしまった包子が取り分けられていた。

「ほら、もうちょっとしかないわ」

「これだけあれば十分だよ。ありがとう」

彩雅は永雪の食事が片づけられないよう、ここで待っていてくれたのだ。同室のほかの少女たちは、とっくに部屋に戻ってしまっている。

「いくら何でも足りないでしょ」

「そうかなあ？」

永雪が首を傾げると、彩雅はため息をついた。

「うちの宿舎、ほかに比べて食事の量が少ないみたいなの。蘇女官に聞いてみたけれど、そんなわけがないって言われておしまい。困ったものよねえ……」

「……そうなんだ」

わざわざ尋ねるあたり、彩雅の行動力には目を瞠る。

「あたしたち、前よりも大人になったじゃない？」

「うん」

「だから前よりもずっとお腹が空いて、力が出ないってみんなぼやいてるわ。けど、あんたは平気なのね。もしかしたら、祥妃様のところでお菓子でも食べられるの？」

「少しだけ」

嘘をついても仕方がないのでそう言うと、彩雅は明るく笑った。

「あら、羨ましいわ！　でも、こんなに時間がかかるなんて、碁の勉強ってそんなに大変なの？」

「うん、まあ……わからないことばっかりなんだ」

唸る永雪を力づけるように、彩雅はその肩を叩く。

「あんたにわからないなら、祥妃様はきっともっとわからないわ」

「うーん」

永雪は考え込む。

確かに祥妃は聡明だが、残念ながら囲碁が得意なようには見えなかった。

「大丈夫、あんたは頭がいいもの」

「ありがとう」

飛天の褒め言葉は素直に受け取れないのに、彩雅の言葉はあっさりと胸に届くのだから、自分でも不思議だった。

「そういえば、祥妃様の宮殿なら、憂炎様がいらしたりしないの？」

「憂炎様？」

時折名前を耳にする、噂の人物だった。

「知らないの？　祥妃様の弟君よ」

「もちろん、知ってる。だけど、あそこで会ったことはないよ」

「まあ、そうなのね。憂炎様は、公務がないときは祥妃様の芙蓉宮か書物庫にいらっしゃるって噂だけど」

「ふうん……」

大して気がなさそうに答える永雪に対し、彩雅は「早く食べないと怒られるわよ」と告げる。

「わかってるよ」

「ふふ、あたしが邪魔しているのね。おやすみ、憐花」

「おやすみ」

彩雅が姿を消したのを見ながら、永雪は先ほどの飛天の表情と言葉を思い出す。

どうしよう。

あの腹立たしい男に認められただけなのに、胸がとても熱い。熱くて、苦しくて、なのにそれも悪くないと思えてくるのだった。

囲碁の基本は、それぞれが黒と白に分かれて石を交互に置くというものだ。目的は陣取りで、自分の石で囲った部分が自分の陣地になる。つまり、取った陣地の合計が広いほうが勝ちだ。

石を置く場所は、碁盤の縦の線と横の線が交わった部分。升目の中に入れるわけではないというのは、何となく知っていた。

初日は顔合わせとそんな授業だったが、基本を覚えると次から急に難しくなった。

陣取りの基本や、陣の大きさの計り方。

それらを一つ一つ習ったあと、漸く、具体的な攻略方法に入ったが、そこから理解に差がつき始めた。

「やっぱり憐花は覚えが早いわねえ」

「私たちと全然違いますね、祥妃様」

詩夏と祥妃に口々に褒められ、永雪は頬を染める。

「祥妃様、あまり褒めるとつけ上がりますから」

「あら、つけ上がるなんて酷い物言いね？」

祥妃は唇を尖らせた。

「失言でしたか」

「そうよ。憐花は努力家なんだから」

まるで我がことのように自慢されると、永雪としても面映ゆかった。

「そういえば、次の公演の日程が決まったんですって？」

「ええ、まあ」

さっきまで自信満々だったくせに、打って変わって飛天の歯切れが悪くなる。

「どうしたの？」

「特に案が思いつかないのですよ。皇后様は、完全な新作をお望みなので」

飛天が複雑な面持ちになったのは、どうも創作に苦しんでいるからのようだ。

「なら、私たちが考えてあげましょ。私たち、芝居にはちょっと詳しいのよ」

祥妃が詩夏と顔を見合わせて、ふふっと悪戯っぽく笑った。

「たとえば？」

「英雄譚もいいけれど、私たちは恋物語が観たいわ！」

「恋ですか。どんな？」

「え？　そうね……国王と姫君が、夢のような恋に落ちるの」

「それだけじゃ話になりませんよ。演劇には起承転結が必要なんです」

ぴしゃりと厳しく指摘され、祥妃は頬を膨らませた。

「じゃあ、戦に負けた王が敵軍に包囲されて、愛する姫君とお別れするというのは？　悲劇ならみんなが泣くでしょう」

「それはもうあります。何度も上演しているじゃないですか」

要は『覇王別姫』だ。

定番の演劇で、これは永雪だって何度も観たことがある。旅芸人の一座が、年に一度、公演に来たからだ。

「意地悪ね！　急に言われたって思いつかないわ。それなら、恋はやめます。裁判官が素晴らしい裁きを見せる話にして？」

「包拯ものですね。それも何度も上演されたはずですよ」

飛天は祥妃に対してやけに手厳しく、取りつく島もない。

せっかく優しい祥妃が頭を悩ませているのだから、もう少し取り合ってあげてもいいじゃないか。

はらはらする永雪をよそに、飛天はどんどん案を却下していく。

「仕方ないじゃない……困ったわね、憐花はどんなお話が観たいの？」

「え？　私？」

突然話を振られたので、つい、言葉遣いが乱れてしまう。

「おまえは演劇なんて興味がないだろう」

飛天に決めつけられたのが腹立たしく、永雪はぶっきらぼうに口を開いた。

「家族を殺された少女が、犯人を見つけて復讐する話」

「ずいぶん物騒だわ。あなたはとても綺麗な顔をしているのに、恐ろしいことを考えるのね」

祥妃が口許を袖で覆う。

「あっ！　すみません、祥妃様。怖がらせるつもりはなかったのです」

慌てて永雪が頭を下げたので、祥妃ははんなりと微笑んだ。

「これくらい、平気よ。あなたの発想は面白いわ。飛天、それにしましょう」

「こんな断片的な要素だけじゃ、無理ですよ」

飛天はにべもなく斬り捨てた。

「あら、だめなの？」

「まあ、糸口くらいにはなるかもしれませんが」

「それはよかった」

ほわんと笑む祥妃を見て、憐花は安堵する。美しくて優しい彼女を、必要以上に悲しませたり怖がらせたりはしたくなかった。

しかし、今の発言は紛うことなき本心だ。

とはいえ、復讐したくとも手がかりが何もない。本当なら今すぐにでも動きだしたいが、無策ではどうしようもない。

それに、仮に犯人の目星がついても、どうやって告発する？

その手段も併せて考えておかなくては、上手くいかないだろう。

おまけに、告発には確たる証が必要だ。

宮廷でのやり方にもやっと慣れてきたのに、父の死の調査が思いどおりにいかぬのが、ひどくもどかしかった。

村はずれの林は、椎の木がたくさん生えている。かたちのいいどんぐりを見つけ、永雪は唇を綻ばせた。

「可愛い」

このどんぐりを磨けば、きっと見栄えがいい。

子どもだけで村を出るのは危険なのに、永雪たちはどんぐり拾いに熱中していた。

なんでも遠くの街で暮らす貴族たちのあいだでどんぐりの収穫が流行し、彼らが綺麗なものは高値で買い取ってくれるのだという。

村長が隣町の商人からそんな話を聞き込んできて、馬鹿馬鹿しいと笑いながらも、実際に小金を稼いだものがいたため、いつしか大人も子どもも競ってどんぐりを拾い集め始めていた。

どんぐりは普段は食用にできず、何の価値もない。これが金に換わるのなら、だめでもいいから試してみたい。

これで父に代わってお金を稼げると思いつつ、永雪は夢中になってかごいっぱいのどんぐりを拾った。

　それから村の広場に行くと、同じようにどんぐりを持った連中で溢(あふ)れていた。

　村でのどんぐり買い取りを引き受けているのは村長で、彼は厳(おごそ)かな面持ちで口を開いた。

「大変残念だが、そのどんぐりは買い取れない」

「ええっ!?」

「何だって!?」

　ざわざわと人々が動揺(どうよう)の声を上げる。

「どんぐりが多すぎたのだ。もう、これには値段がつかぬとか」

「そりゃ、いくらだって買い取るって言ったのはあいつだろうが」

「とにかく、もういらぬとのこと。みんな、すまない」

「村長さんのせいじゃないですよ……」

　そう口々に言いながらも、農作業を休んでまでどんぐりを拾った村人たちは、さすがに途方(とほう)に暮れていた。

　永雪もその一人だ。

　どんぐりなんて食べられるわけでもないし、こうなると無意味だった。

　いつもの農作業に励(はげ)んでいればよかったのに、一時の流行(はや)りに流されてどんぐりなんて役に立たないものを集めてしまった。

皆は仕方なさそうに、どんぐりを捨てていく。

広場の片隅に積まれていたどんぐりの木箱は、数日後にはどこかに片づけられていた。

「あーあ……」

暗がりで目を開けた永雪は、小さく呟く。

遠い昔の、夢だ。

でも、この夢は今でも永雪の心を掻き毟る。

今になって思えば、これ以上買い取れないというのは嘘だったのではないか。

集荷と集金を一手に担っていたのは、隣町の商人だ。彼は捨てられていたどんぐりをこっそりと回収して大儲けをしたのかもしれない。

でなければ、あの木箱がなくなるわけがない。

思い出すだけで、情けないような、惨めなような、そんな気持ちが込み上げる。

ああいう義のない商売は、いつか絶対だめになる。少なくとも、永雪は許すつもりはなかった。

◆◆◆◆

朝の薄暗い光の中、食堂では少女たちが思い思いに食事を摂っている。それぞれにどこか眠そうで、欠伸を嚙み殺している子もいた。

皆、疲れた顔をしている。

月に一度しか休日がないのでは、身体が休まらないのだろう。それは永雪もひしひしと感じていた。

そのうえ、せっかく毎日二食出るのに、明らかに食事の量が少ない。

育ち盛りの少女たちは、いつもお腹を空かせている。

それは永雪も同じで、二日おきに祥妃のもとに通ってお菓子を食べさせてもらえるのが唯一の楽しみだった。

「では、皆さん、持ち場へ行きますよ」

蘇女官がぱんぱんと手を叩く。

それぞれに立ち上がったところで、永雪の傍らにいた宮女が倒れ込んできた。

「彩雅!?」

急いで支えようとしたが、彩雅は身体に力が入らないようだ。

「きゃあっ」

少女たちのあいだから、悲鳴が生じた。

「彩雅、どうした？」

「ごめんなさい、少し……立ちくらみが」

彩雅はその場に蹲り、動けないらしくすっかり項垂れてしまっている。

蘇女官は膝を突いて彩雅の顔を覗き込むと、首を横に振った。

「顔色が悪いわ。今日は休みなさい。憐花、彩雅を部屋に連れていっておやり。元気になるまでそばにいてやりなさい」

「はい」

永雪は頷いて、彩雅の肩に手を回すように促した。それから立ち上がると、彩雅の部屋がある二階へ向かう。

「ごめんね……憐花……」

階段を上りながら、彩雅が苦しげに詫びてくる。

いつも潑剌と振る舞う彼女がこんなふうに萎れているのがつらくて、永雪の胸はじくじくと痛んだ。

「平気だよ」

「でも、あんたの仕事が遅れちゃう」

「今日は庭の草むしりのつもりだったから、気にしないで」

永雪は笑みを浮かべ、彩雅を元気づけようとした。

「昨日も、思思が倒れたでしょう。私もだけど、みんなどうしちゃったのかしら」

「本当だ……」

いったい、この月天宮で何が起きているのだろう？

「祠、綺麗にしてないからかなあ……」

「祠って、保生大帝の？」

「うん」

保生大帝は病気の回復を司る医神だ。もともとは医者だったがさまざまな奇蹟を起こしたと伝えられ、今では神として崇められている。

「あんたは平気？」

寝台に横たわり、彩雅が尋ねてくる。

「私の心配なんて、しなくていい」

「だって、憐花はいつも一人だもの……部屋もひとりぼっちで誰にも頼れないでしょう」

「…………」

そんなこと、脳裏をちらりとも掠めたことがなかった。

彩雅はやはり、心が優しい。他人に心配りができるのは、永雪には持ち得ぬ美点だった。

「――大丈夫だよ、私にはみんながいるから……ありがとう」

「今日休むと、遅れちゃうなあ……」

「私は刺繍はできないから、手伝えない」

彩雅のぼやきを耳にした永雪が釘を刺すと、彼女が噴き出した。

「ねえ、前に話した図案、覚えている？」

横になったおかげで、多少は元気を取り戻したらしい。声がさっきよりはしっかりしている。

「薫妃様の？」

「うん。せっかく考えてもらったのに悪いけれど、じつは、図案を変えたの」

「どうして？」

永雪は首を傾げた。

「薫妃様のお母様は、薫妃様を産んだときに亡くなったの。薫妃様のお父様は心痛のあまり、三年喪に服したと聞くわ」

「三年……」

妻を亡くした場合は一年喪に服すのが通例だが、三年とはずいぶん長い。

「兎はつらい記憶に繋がるかと思って……かささぎに変えたの」

「かささぎ？」

かささぎは吉兆を示す鳥で、図案としてはありふれていないだろうか。

「薫家のご先祖様は、太祖の戦いを助けた軍功で大臣に取り立てられたでしょ？　あれは、敵地へ渡るための架け橋をかささぎが作ったって話じゃない」

「かささぎはおめでたい鳥だし、いいと思う」

彩雅は笑みを浮かべた。

「ありがと、憐花。あんたにもお礼をしなくちゃね」

「持ちつ持たれつだよ。私だって、彩雅たちには助けられてる」

「そっか……よかった……」

声が弱くなり、やがて彼女が眠りに落ちたのがわかった。

「…………」

彼女たちに不足しているのは、明らかに食事量だ。

何か、自分にもできないだろうか。特に彩雅はここに来て自分に初めて声をかけてくれた人だ。永雪の秘密を明かしたわけではなかったが、彼女がいたからこそ、ここでの生活は心強いものになった。

――それに。

もしかしたら、月天宮の食事量が少ないのは、永雪のせいで定員が一人増えたからじゃないか。

自分のせいで彼女たちを苦しめているのではないか。

そう考えると、よけいに放ってはおけない。

懐宝の事件について知りたかったが、それより先に、月天宮の食事のことを調べよう。

腕を組んで考えを巡らせているうちに、彩雅の寝息が安らかなものになる。

これならきっと、大丈夫だ。

彼女の部屋を出て、永雪は草むしりのために月天宮の前庭へ向かう。

「あ」

普段ならば無視するはずの保生大帝の祠の前で、永雪は足を止めた。

相変わらず祈るつもりも供物を捧げるつもりもなかったが、せめて、今日は祠の周りから綺麗にしよう。

自分の信じる神の祠が美しくなれば、月天宮の宮女たちも安心するはずだった。

月天宮の問題を解決しようと心に決めたまでは、いい。

でも、どうやって？

まず、ほかの宿舎の食事量を探るのは相当の難題だ。

ここの宮女だって彩雅を除くとほとんど交流がないのに、ほかの宿舎の宮女から情報を得るなんて至難の業だ。

いくら同じような宮女たちの建物が建ち並ぶ一角とはいえ、こっそりよその宿舎に忍び込んでも、すぐにつまみ出されてしまうだろう。正面突破を狙ってもいいが、食事量を教えてほしいなんて、あまりにも不躾で問題になる。

かといって、食堂を覗き見するわけにもいかない。

それでは、蘇女官に聞いてみるか？

彼女は食事時は別室にいるので、宮女たちがどんな食事を摂っているかは知らない。だが、蘇女官に直撃したら、彼女は自分の手腕を批判されているようで、不機嫌になるだろう。

それに、初日に彼女は人数の申請をし直すと話していたはずだ。それを忘れてしまったとは思い難い。

蘇女官は厳しい人だが、宮女たちをただ躾けているだけではない。かつて永雪を秀女に推薦する道があると語ったとおり、少女たちの身の振り方を案じている節も見受けられた。

「難しい顔で、どうしたんだ」

芙蓉宮からの帰り道に唐突に問われて、永雪は足を止めた。

「いつもこういう顔ですけど」

飛天は永雪の答えを聞いて、不満げに「ふん」と鼻を鳴らした。

「私に何の用ですか？　ついてこられるのは迷惑なんですが」

「な」

飛天は目を瞠った。

「俺はおまえに付き纏っているわけじゃない。おまえが勝手に、俺と同じ帰り道を通っているだけだ」

「はいはい」

永雪はわざとらしくため息をつき、飛天に向き直った。それでも彼がついてきているのには変わりなく、何か用があるのだろうと想像する。

「どのようなご用件でしょうか」

「言葉遣いはだいぶ板についたな。振る舞いも以前より女性らしくなった」

「それはどうも」

こんなときに突然及第点を与えるとは、彼の魂胆は何だろう。

「おまえの言う、義のための真実探しとやらはどうした？」

「そんなことを聞きにきたんですか？　あなたも暇ですね」

「では、順調なのか」

飛天は眉根を寄せる。

「いえ。ほかに調べたいことがあって、今はそっちに取りかかってます」

「――それでいいのか？　宮女のふりをできる期間など、たかが知れている。寄り道している暇はあるのか？」

先だってのやり取りのあとから、飛天は自分に対する立場を少し変えたらしい。

「ならば、相談に乗ってください。あなたはこの宮廷では私の先輩ですよね？」

「何だ、いきなり……気味が悪いな」

「ただ聞いているだけでかまいません」

「いいだろう、何だ」

飛天は腕組みをする。

「私が知りたいのは、うちの——月天宮だけ、食事の割り当て量が少ないんじゃないかということなんです」

「ずいぶん食い意地が張っているじゃないか」

口に出してみると、取るに足りない事案にも思えたが、これは宮女たちの命に関わる重要な問題だ。

「茶化すのはやめてください。そのせいで、皆の体調が悪くなっているほどなんです。私は祥妃様にお菓子をいただけますが……」

「すまない」

案の定、飛天は率直に謝罪を述べた。以前から薄々感じていたとおり、こういうときに飛天はやけに素直で、自分が悪いと思えばきちんと謝ってくれる。つまり、悪人ではないということだ。

むしろ、飛天は頭の回転が速いし、面倒見もいい。初対面での印象は最悪だったが、今の永雪は飛天をそれなりに信用していた。

それに、彼は無害だと見なした永雪のことをそれとなく心配しているふしもある。

同じ男として彼をべた褒めするのは悔しいが、できた人物なのだろう。

だからこそ、あそこまで祥妃にも信頼されているに違いない。

「私には、ほかの宿舎がどのような状態か調べる術がありません。だったら、何をすればいいですか？」

「具合が悪い宮女が増えていると責任者に言っても、取り合ってもらえないのか？」

「たぶん。担当の女官は別に食事を摂るので、特におかしいと思っていない様子です。そのせいで友達も倒れて……」

近頃の彩雅は常に蒼白い顔で、出会った頃の無邪気な明るさが欠けている。

あんな彩雅を見たくはなかった。

悔しげに永雪が項垂れると、飛天は言葉をなくしてこちらを見つめている。

「……何か？」

「おまえ、友達がいるのか」

「え？　いけませんか？」

「まさか。だが、足を引っ張られないように注意するんだな」

ああ、永雪には友達なんてできっこないという驚きではないのか。

「それくらい、わかってます」

永雪は唇を尖らせたが、悪い気はしない。

やっぱり飛天は自分を案じている。この男は、警戒心が強いくせにお人好しなのだ。一度自分の領域に入れた人間のことを、守ろうという本能が働くのかもしれない。

「逆に、おまえは何をすれば理由が判明すると考えているんだ？」

「食べる前に重さを量る……？」

「だめだ。汁物など、味はさておき分量を水増しするのは可能だ。ほかのものだってとろみを増やすとか、いくらでもやりようはある」

確かに、そうだ。

「実際に調理に使っている材料の分量を調べるのは？」

「そうだな、それが一番だ。しかし、そこは厨の財務を務める人間にとっては秘密にしたい部分だろう。調べるのも一筋縄ではいかぬはずだ」

「どうして？　不正をしていなければいいのでは？」

「役所なんて、大なり小なり不正はあるものだ。特に厨はたちが悪い」

「そんな……」

不正の存在を肯定されると、さすがに愕然としてしまう。

「人間の生活で、一番大事なのは食だ。宮廷でも食には金をかけている。陛下を健やかに保つための肝要な部分だからな」

「はい」

飛天の解説は至極明快で、永雪は素直に耳を傾けた。

「人間の食事の量はそう大差なくとも、使う品物の値段は容易に変動する。市場に行けばわかるだろう？　必要とされるものは高くなり、でなければ安くなる」

……あのときの、どんぐりだ。誰かが義のない商売をしたのではなく、多すぎて値がつかなくなったのか。

「常に値段が変わるからこそ、厨の予算を立てるのは難しい。そこを利用して不正がはびこり、不適切な会計を平然と行う官吏もいる。それに、不正をする気がなくとも、請求の間違いやら何やらで、小さな過ちは起きやすい。厨のように、値段の変化が激しい部署はそういう些細な間違いがつきものだ。それを正すのが面倒だったり、そもそも正す機会がなかったりで、そのままにしておく場合も多い……と聞く」

「そうなんですか⁉」

思わず素っ頓狂な声を上げると、飛天は「声が大きい」とわざとらしく顔をしかめた。

「だからこそ厨の会計の監査は厳しい……はずだが、宮女たちの支出については気づかなかったな……何か、抜け道があるのかもしれない」

「それを知るためには厨の書類が必要なんですよね？」

飛天が頷いてから、口を開いた。

「そうした書類は、たいてい厳重に管理されている。忍び込んでも手に入らないぞ」

忠告されたが、もちろん、そんな無茶を行うつもりはなかった。

「それは何とかなります」

書類の多くは、夏雨が受け持つ御書房に収蔵されているはずだ。

「ただ、ああいう書類は特殊な書式だって聞いたことがあるんです。だから、書類を手に入れても読み方がわからなかったら、意味がないですよね……」

永雪の答えを耳にして、飛天は肩を竦めた。

「おまえは龍門帳を知っているか？」

「え？　いえ、何ですか、それ」

いきなり未知の単語が出てきて、永雪は眉を顰める。

「たとえば、おまえが馬家の家計を司っていたとするだろう？　帳面に毎日の収入と支出だけを記録していても、本当の状態を把握できないんだ」

「どうして？　それを書いていたら十分じゃないんですか？」

「いいか、おまえが月天宮の建物を五千両で買ったとする。そうしたら、五千両の金は減るけど、逆に、いつでも五千両に換えられる持ち物が増えたって意味になる」

「……はい」

「馬家ではそんな大きな取り引きは数年に一度だろうが、大店や宮廷は違う。こうした取り引きはいくらでもある。だから、いつでも現状を認識できるように、金と持ち物のそれぞれの変化を記しておく方法がある」

「へえ……」

さっきから気のない相槌しか打っていないが、それは飛天の言いたいことが見えてこないからだった。

「それを記すのが龍門帳で、役所はすべてそのやり方で収支を記録するんだ。ゆえに、龍門帳の読み方がわからなければ、仮に何か穴があったとしても、おまえには見つけられないだろう」

「そこから勉強しなきゃいけないってことか……」

呟いた永雪を見下ろし、飛天は「ふむ」と顎髭を撫でる。

「まずは書物庫の夏雨に話をつけておくから、明日の夕方までに書物庫へ行け。計算はできるだろう？」

「はい。それで、龍門帳の読み方を夏雨が教えてくれるとか？」

まさか夏雨に、そんなすごい特技があったとは。

「違う。官僚のための教本があるはずだから、準備させておく」

「え……い、いいの？」

あまりにもとんとん拍子で、永雪は驚いてしまう。

「ああ。将来的に役に立つかもしれん」

「役に立つとは思えませんが」

「おまえのじゃなくて、おまえがだ……まあ、それもありだ。ともかく、細かい点は俺が教えてやるから安心しろ」

「はい！」

永雪は頬を紅潮させる。

「ありがとうございます」

礼を言ったところで、手を伸ばした飛天にむぎゅっと鼻を摘まれた。

「ふわっ⁉」

「おまえはそう簡単に俺を信用していいのか？」

「だって……そっちが言ったんじゃないですか」

「何て？」

「私には人を見る目があると。私の見立てでは、あなたは相当のお人好しです」

ぐうの音も出ない様子の飛天は「もういけ」と永雪をしっしっと追い払ったので、永雪は声を立てて笑いながら月天宮への道を急いだ。

次の日、仕事の合間を縫って書物庫に行くと、夏雨は龍門帳の教本を用意していた。

蘇女官は、永雪が自分の持ち場の仕事をきちんとこなせば、外出も特に怒らない。

どうやら、何もかもが祥妃の指示だと誤解してくれているようなので、有り難くそれに乗っかることにした。

「げえ……」

夕食後、ひとりぼっちの自室で開いてみた龍門帳に関する書物は、やけに難しかった。

何が書いてあるのか意味がわからないけど、これ、本当に初心者向けなのか？

とはいえ、囲碁に比べれば気持ちは楽だ。

――よいか、永雪。数字というのは大切なものじゃ。

呉師父の授業の様子が、まざまざと脳裏に甦ってくる。

「これ、阿亀。ちゃんとやらぬか」

「だって、計算なんてつまんないよう」

年下の阿亀はすっかり飽きてしまっている様子だったが、師父は根気強かった。

「だめじゃ、しっかり鍛錬せよ。計算ができなければ、おまえたちはすぐに海千山千の商人に騙されるぞ」

「ええ……」

「数字のすごい点は、何度計算しても答えが同じところにあるのじゃ。それをよくよく胸に刻め」

「はあ」

「詩の解釈を考えよ。同じ詩を聞かされても、わしとおまえでは考え方が違うじゃろう？　だが、数字はいつも同じ答えになる。答えが違っていれば、それは間違いなのじゃ」

そういう意味では、数字ほど正直で率直なものはない。

永雪は自分の寝台の上で改めて正座し、開け放った鎧戸から射し込む月の光に翳して懸命に書物を読む。

彩雅はすっかり元気になったとはいえ、月天宮では不調者が続出していて蘇女官は困惑しているようだ。皆のために、早く真実を探りたかった。

「あ、そうか……ここはこういう意味で……」

一つ問題を解けるようになると、するすると意味がわかっていく。

まるで自分の目の前に道が開けていくようで、永雪は目を輝かせて空を見上げる。

大きな満月が、永雪を鮮やかに照らし出していた。

龍門帳と囲碁の二つを勉強する日々は大変だったが、飛天がしばしば話を聞いてくれるのは助かった。

祥妃や詩夏とお茶を飲みながら龍門帳について話し込んでしまい、祥妃が「話がつまらないわ」と零したほどだ。

短時間で基本を学んだ永雪は、ここで先に進むことにした。

あまり月天宮の会計にばかり関わっていると、本来の自分のやるべきことに取りかかれなくなる。問題を解くのは達成感があっていいが、遅くなるとそれこそ皆の体調が悪化しかねない。それだけではよくないはずだ。

夏雨にばかり負担をかけるのは申し訳なかったものの、永雪が月天宮の帳簿を見せてほしいと言うと、彼は二つ返事で引き受けてくれた。

そうして、材料が揃った。

「やっぱり、おかしい」

夜。

自室で月天宮の帳簿を読んでいた永雪は、小さく呟く。

意外にも、月天宮の会計は食費だけが費用ではないので、全体を財部が統轄していた。よくよく考えたら、蘇女官のような女官に委ねては責任が大きすぎる。彼女一人に任せるよりは、上の部署で管理するほうが円滑だろう。

だからこそ、蘇女官には月天宮の状況が摑めないという弱点があった。

予算では、月天宮の人数は六十一名と女官一名になっている。実際に納品された野菜や穀物の量も、ほかの宿舎と変わらない。

だったら、どこで不正が行われているのか。

「……あれ？」

永雪は首を傾げる。

野菜を納入している商人は、厳露鋒という人物だった。

これはいつも釵やら何やらを売りに来る、行商人の名前じゃないか。

――厳家の装飾品は有名なのよ？　宝玉を専門に扱っていて、厳家といったら宝飾品なんだから。

これだ。

役人は取り引き相手にこっそり自分の息のかかった商人を入れておいて、食料を購入したことにしているのだ。おそらく、その金銭が担当者に割り戻されているに違いない。

だが、確証がない。

ここは飛天に相談したほうがいいだろう。

翌日、仕事が終わってから劇団の稽古場へ行くと、飛天が月明かりの下で考えごとをしている様子だった。その様子は、あたかも一幅の絵のようだ。

「飛天さん」

「うわっ」

びくっと肩を跳ね上げ、飛天は振り返る。

「驚いたな。おまえ、こんな時間に男を訪ねてくるとは……問題になるぞ」

「すみません。でも、ちょっと相談したいことがあって」

飛天に断られると困るので、永雪は単刀直入に切り出した。

「相談？」

「このあいだ話したうちの宿舎の会計なんですが、昨日読んでみたらどうもおかしくて」

永雪はそう言って、自分が書き抜いた紙を差し出した。

「色気の欠片もない」

「私に色気なんて求めているんですか？　そっちこそ変ですよ」

飛天の言葉を笑い飛ばし、永雪は髪を掻き上げる。

彼は真顔のまま、永雪が渡した紙片を凝視していた。

「――なるほど、まったく無関係の商人を取り引き相手に入れて食材を買ったことにし、何食わぬ顔でその金を着服しているやつがいる――か。ない話ではないな」

「そうなんですか？」

「監査の官吏の目を盗んで、こういう真似をする輩もいるだろう。商人が実在することは確かめても、実際に何を扱っているかまでは調べない可能性はある」

「その人がぐるかもしれませんよね⁉」

「あり得る話だ。調理の人間も怪しいな」

飛天は顎を撫でる。

「でも、わかったのはここまでです。これ以上は、帳簿からは何も……」

自分が月天宮に潜り込んだせいではなさそうなのはよかったが、現状を放置して幕引きとするのは無理だ。

「ほかの宿舎の料理も作っているのだから、順に減らせばばれないだろうに、頭がいいのか悪いのか」

「確かに」

いろいろ試して、文句を言ってこない宿舎に狙いを定めたのかもしれない。

「ともあれ、これで十分だろう。せっかくだから、外の事情は俺が調べてやる」

「飛天さんが?」

「ああ、おまえは宮廷の外に出られないからな。裏が取れたら、世間の口に戸は立てられぬのことわざを試してみるのはどうだ?」

「どういう、意味?」

「噂にするんだ。財部の連中が無視できぬほどの、大きな噂に」

永雪は目を瞠った。

「私がみんなに触れ回るんですか?」

「ここまで隠密に進めたのに、危ない橋を渡らせてどうする。とりあえず、俺に任せておけ。こちらも劇団流のやり方というものがあるんだ」

飛天はにやりと笑った。

飢えたるものは食を甘しとし、渇したるものは飲を甘しとす。

古くからのことわざに続け、「さて月天宮のものは如何」となる短い言葉が、人々の口に上り始めた。

どうやって噂を立てるのか興味津々だったが、意外にも、そういう落書が宮廷のあちこちで見つかったのだという。

「憐花さん、宮女の皆さんのご飯が足りないって本当ですか？」

教本を返しに行った折に夏雨にまで問われて、永雪はさすがに驚愕した。

それくらいに、噂は急速に広まっていたのだ。

「これだけ噂が広まるなんて、いったいいくつ書かせたんですか？」

夏雨に続いて書物庫で行き合った飛天は腕組みをし、「まあ、いいじゃないか」と嘯いた。

「知れたら飛天さんの立場が、まずくなりませんか？」

「それを最初に聞いてほしかったな」

「う」

と言葉に詰まる永雪を見下ろし、飛天はおかしげに目を細めた。

「ま、それはそれでかまうまい。劇で使う小道具が流出したんだろう」

あまりにもけろっとした言い草だったので、永雪は呆れて息をついた。

お人好しに見えて、この男はやはりできる。

もちろん万が一にも、無実の人物を陥れてはならないから、何の裏づけもなく動いたりはしない。財部での厨の担当者が最近、大きな家を買ったのに目をつけてその金の出所を調べてくれたのだった。

月天宮だけが狙われたのも、ほかの宿舎でも試したところ、すぐに苦情が出たからのようだ。うちの宿舎の少女たちは控えめすぎるのだ。

「で、おまえたちの食事は改善されたのか？」

「はい、今日は卵が出ました！」

憐花は声を弾ませる。

「いつもは汁物にちょっとしか入っていないのに、今日は一人一個」

「そうか。急に食事をまともにしたら、噂が本当だと認めるようなものだからな。少しずつ変化があるはずだ」

「期待してます」

永雪は笑みを浮かべた。

「これでおまえの気は済んだのか？」

「そんなわけがないでしょう」

こんなのは、ほんの小手調べだ。

今回の一件のおかげで、真実に向き合ったときに、ただ声高に叫ぶだけが解決の手段ではないのだと学んだ。力のないものには、弱者なりのやり方があるのだ。

「次が本番です。これは、私にとってただの練習ですから」

「おまえは次に何を知りたいんだ？」

「言えるわけないでしょう。とりあえず、ありがとうございました」

永雪が頭を下げると、「これで貸しだな」と飛天は口許を綻ばせた。

「ええ、お礼に劇の筋書きを考えますよ」

「考えておく」

飛天の手助けのおかげで、月天宮における宮女たちの待遇が格段によくなった。

彩雅も元気を取り戻すだろう。

もう一度彼女の弾けるような明るい笑顔を見られるのだと考えると、ほっとした。

夕刻。

すっかり日が長くなり、働く時間もそれに応じて延びた。

掃除を終えて玄関に回ると、宿舎全体の空気が重い。

どこか沈鬱だ。

食事の量が増えて元気なものが多くなったのに、意味がわからない。

不審の念を抱きつつ自室へ向かうと、彩雅が階段の踊り場に立っていた。

「彩雅？」

「……憐花」

振り向いた彩雅の目は、腫れ上がっている。いつも明るい彼女を知っているだけに、その重苦しい表情には驚いてしまう。

すべてが解決したはずだったのに、いったい何が。

「ど、どうした？」

「白露が殺されてしまうの……」

掠れた声だった。

「え？」

「薫妃様の…怒りを買ってしまって……」

「どうして⁉」

「あの子……薫妃様の衣に兎の刺繡を選んだの。それを、たまたま工房にいらした薫妃様が見てしまって……なぜ兎なのかと聞かれて、薫妃様の生まれ年のことを答えたわ」

あのときの話をもしかしたら立ち聞きされたのではないかと思っていたが、まさか、永雪の案を盗むとは。

「それが、薫妃様には許せなかったみたい。ものすごくお怒りになって、蘇女官が取りなしてくれたけどだめで。衛兵が呼ばれて、白露は引き摺られていったわ」

「蘇女官は？」

「もちろん、一生懸命白露を庇ってくれた。でも、無駄だった」

普段は厳格な蘇女官だったが、彼女はそれだけではなかった。彼女なりに、手許の宮女を可愛がってくれている。そんな宮女の一人が連れ去られたら、どれだけの心痛を負うだろう。

「自分は悪くないって、あの子は泣き叫んでいた……彼女の声が忘れられないわ……」

肩を落とし、彩雅はしゃくり上げた。

「だからって、彩雅が悪いわけでもない」

「本当はあたし、かささぎと兎で迷っていたの。だけど、先に女官に聞かれた白露が兎って答えたから、仕方なく、かささぎに変えたの。尋ねられる順番が違えば、死んでいたのはあたしだったかもしれない……」

「……………」

何も、言えなかった。

「あの子はあたしの代わりになったのよ」

「違う」

永雪は首を横に振った。

「彩雅なら、どこかで気づいたはずだ。兎はよくないって。喪に服した話もしてくれたし、やめるつもりだったはずだ」

無言で俯いた彩雅の細い肩が、震えている。

「悪いのは、この程度で死罪にするほうだ。そっちのほうがおかしい」

「何で……？」

「え？　だって……」

「お怒りを買ってしまった以上は、仕方ないわ」

惑いを帯びた彩雅の言葉に、永雪は愕然とした。

なぜ？

どうしてこんな仕打ちが異常だと思えないのか。

宮女の命は、そんなにも安いものなのか。

文句を言わないからと、食事だって減らされて。

父だって同じだ。自分たち庶民の命は貴族に比べてそこまで安いのか……⁉

「白露のために祈ろう。もしかしたら、蘇女官が取りなしてくれるかもしれない」

「……うん」

彩雅は青ざめた顔で頷いた。

無知でいては、この宮廷では生き残れないのだ。

調子に乗って何の目測もなく父殺しの犯人を捜しても、永雪の命が危うくなるだけだ。

村長と呉師父が繋いでくれたこの命を、無駄にはできない。

唇をきつく嚙んでいたせいか、気づくと口中には血の味が広がっていた。

かちゃかちゃと茶器を準備していると、祥妃が「もういいわ」と永雪に声をかけてきた。

「すっかりお茶を淹れるのが上手くなったわね」

「ありがとうございます！」

「最初の頃は、どぶの水を飲まされているかと思った」

飛天の言葉に、永雪はむくれてしまう。

「私の村では、こういうお茶を飲む習慣がなかったんです。薬草茶は煎じていましたが」

「あら、そうなの。薬草茶って美味しい？」

「いえ……」

永雪が言葉を濁す。

「そういえば、おまえは牟礼の出だと言ったな」

飛天の言葉に、永雪は「はい」と軽く同意した。

ずいぶん前にその話題が出たが、飛天が覚えているとは想定外だった。

「思い出したが、以前、大臣が牟礼から囲碁を打つ男を指南役に呼んでいた。牟礼は囲碁が盛んなのか？」

「！」

　よもや、飛天からその話を持ち出すとは。

　永雪は自分の肩が揺れないように、懸命に堪えた。

「え、ええ、柏おじさんですよね。賞金を村人に振る舞ってくれたので、とても有名な人です。冬にも都へ貴族の指南に行ったと聞きました。もしかして、また呼び寄せるのでしょうか？」

　永雪は何とか、そうやって他人のふりをする。

「柏、か。そうだ……そういう名だった」

「飛天さんもお知り合いなのですか？」

「一局手合わせをお願いして、負けたよ。彼はものすごく強かった。だが、この地で亡くなった。新しい宮女が着く前のことだから、おまえも知らぬのだろうな」

「え!?」

　永雪はわざとらしく声を上げる。

「おじさんが？　どうして？」

「それは……」

「おじさんは、私にとてもよくしてくれたんです。あの、ご遺体は村に返せたんでしょうか……？」

問いを重ねると、飛天は言いづらそうに顎髭を撫でる。

「――陛下を手にかけようとして、囲碁の対局の席で斬られたのだ。遺体は咎人を捨てる穴に投げ込まれたはずだ」

改めて父の遺骸について聞かされると、胸がずきずきとしてきた。

無論父が生きているとは思わなかったが、それでも衝撃は大きなものだった。

「まあ、そんな恐ろしい事件が？」

祥妃は驚いた様子で、口許をその手で覆う。それから、永雪に目を向けて表情を曇らせた。

「憐花が真っ青よ。飛天、醜聞を考えなしに口を出すのはおやめなさい」

「いえ……聞かせてください」

「とはいっても、あっという間のことで私もよくわからないんだ」

飛天は肩を竦めた。

嘘だな、と直感する。何か記憶に残っていなければ、飛天とてあえて話題に出さないのではないか。

彼なりに、どこかで引っかかりがあるのだ。

「あなたもそこに居合わせたの？」

「え、ええ、まあ。三月ほど前でしょうか。憂炎様と向寒様のお二人と同席いたしましたが、何が起きたかまでは」

途端に飛天の歯切れが悪くなったのが、意外だった。

「そうだったの。あなたも大変なところにいたのね」

「……はい」

飛天はさすがにまずいことを話したと思ったのか、言葉少なになってしまっている。

「ごめんなさいね、憐花。飛天は少しおしゃべりが過ぎるわ」

「いえ……おじさんについて知りたがったのは私だから……」

「それにしても、殺されてしまったなんて悲しいことだわ。ちゃんと詮議は受けられたのかしら」

「……さあ」

飛天はそれきり、黙ってしまう。

どう考えても、彼は何かを知っているはずだ。

飛天は何者なんだろう……？

劇団づきの戯作者だと自称しているが、ちっとも、台本を書いている様子がない。

そのうえ国王陛下と宰相候補といわれる憂炎、そして大臣である向寒との囲碁の席にいたのだ。

こうなると、飛天の正体すら疑わしくなってくる。

誰かが雇った間者とか？　けれども、いったい誰を調べるために？

もしかしたら、飛天こそが懐宝を殺した真犯人という可能性もあるのではないか……!?

ざらりと何かが胸を撫で、永雪は自然と自分の胸のあたりを押さえた。

そのまま思考を巡らせてみても、恐ろしいほどに何も思い浮かばなかった。


「憐花、どうしたの？」

無心になって包子を食べていた永雪は、彩雅に声をかけられて顔を上げる。

「え？」

「怖い顔をしてるわ」

「気のせいよ」

「だめだめ、せっかくの美味しいご飯が台無し。ほら、この豚肉。ほろほろに煮えていてとっても美味しいわ」

表向きは、彩雅はすっかり元気を取り戻していた。

言われたとおり、出された豚のバラ肉は箸で突くと崩れるほどのやわらかさだ。これまでの貧しい料理が嘘のように、ここでの食生活は改善されていた。

おかげで宮女たちはすっかり元気になり、月天宮には活気が戻ってきた。殊に彩雅は白露の件での心痛は大きかったものの、食生活が改善されて気持ちが紛れたらしい。

また、刺繡の腕で表彰されたのも、彼女の慰めになったようだ。

「近頃、怖い顔をしてることが増えたわ。何かあったの？」

「生まれつきだよ」

飛天についてあれこれ考えを巡らせていたせいだが、それを口にするわけにはいかなかった。

「ここの皺って、一回できるとずっとそのままって聞いたわよ。気をつけないとこーんな顔になっちゃうわ」

彩雅が顔をしかめてみせたので、永雪は思わず噴き出してしまう。

「一昨日行商人が来たときに、調子に乗って買い物をしすぎてしまったから」

「そういえば、新しい行商人に替わったものね」

「うん。見たこともない品物がいっぱいあった」

今回の騒動で罰せられた厳家は宮廷への出入りを禁じられ、宮女たちのもとを訪れる行商人も一新された。それを持ち出したのはもちろんただの言い訳だったが、彩雅は素直に信じてくれたらしい。

「らしくないわよ。そんな反省、意味がないわ」

「だって、もう手に入れちゃったんですもの。それにあんたの釵、とても似合ってる。あたしの見立てに文句はないでしょ？」

「でも……」

「……そうかも」

「編み込みも上手になったし、あなたもやっと宮女らしくなったわね」

釵は蘇女官に口を酸っぱくして言われ、永雪自身も必要性を実感して漸く購入した品だ。頭の上で揺れる釵は見た目も華やかで、いざというとき武器に早変わり——というのが行商人の口上で、宮女たちの笑いを誘ったのだった。

宮廷には多くの主殿と偏殿が建ち並ぶが、すべてが使用されているわけではない。特に、妃嬪が定員に満たないため朽ち果ててしまった場所もある。

帰り道でその一つに飛天を呼びつけるのは、別段難しくもなかった。

「こういうところに男を呼び出すのは、迂闊すぎる」

飛天に最初から釘を刺されて、永雪はむっと眉を顰める。

だが、仮にそれを誰かに見られたとしても、問題にされぬだろうという心算はあった。

「それくらいのことは考えてます」

「ほう、どんな？」

永雪は振り返りざま、飛天に手を伸ばした。

飛天の口許の髭をつまみ、永雪は思いきり引っ張る。

「！」

思ったとおりだ。手の中に残されたのは、芝居に使う付け髭だった。

「どういうつもりだ？」

顎髭だけになった飛天は、不愉快そうに表情を曇らせる。

たとえ薄暗がりであっても、その美しすぎる顔はごまかしようがない。

「あなたの正体を確かめたかったのです、憂炎様」

一応は丁寧な口調になると、彼は目を見開く。

「何だ、気づいていたのか」

飛天――いや、祥憂炎は落ち着き払ったものだった。

「初日に顔を見ました」

「それで？　私の正体を暴くだけならば、これで気が済んだだろう？」

そんなわけがない。

手早く自分の釵を抜き取った永雪は、勢いをつけて憂炎の首もとに突き立てようとした。

だが、ひらりと身を躱した憂炎に、釵を握る右手をぐっと摑まれる。

勢いで後ろ手に捻り上げられ、木の幹に肩と顔を容赦なく押しつけられた。

「ッ」

痛い……！

我慢しようとしたが、無理な姿勢に耐えかねて、釵が手から地面に落ちてしまう。

「どういうつもりだ？」

ちっとも慌てた様子はなく、憂炎は悠々と問う。

「………」

「おまえは暗殺者には向いていないと、最初に忠告したはずだ。武道の心得がまるでない。私をただの道楽者と勘違いしていないか？」

そうじゃない。これまでの積み重ねで互いの距離が縮まったと感じていたので、気を許しているのではないかと思ったのだ。

だが、さすがに憂炎はそこまで甘くなかった。

「おまえは無闇に人の命を狙うような、短慮なやつではないだろう。理由を言え」

「――柏懐宝のことだ」

「え？」

一瞬、彼は毒気を抜かれたようで手の力が緩んだ。その隙に永雪は男の手の中から逃げ出し、彼を睨みつけた。

「柏……ああ、柏おじさんと言っていたな。あの碁打ちか。あれがどうした？」

「私の父です」

「……なに？」

驚いたように、憂炎の声が上擦った。

「どうしても知りたいことがあると言ったはずです」

「まさか、父親の死因を探りに来たのか」

「そうです」

憂炎は一瞬詰めた息を、ふっと勢いよく吐き出して首を横に振った。

「愚かな」

「たとえ何と誹られようと、私にとっては大事なことです」

永雪は押し殺した声で答える。

「懐宝は大罪人だ。その家族と知られたら、おまえの命はないのだぞ！」

厳しい口調で叱咤されたが、永雪にはそれは響かなかった。

「来てしまったんだから、仕方ないでしょう。真実を知って死ぬか、知らないで死ぬか。それくらいの違いだ」

「だから馬鹿だと言うんだ！」

年上の男に続けざまに叱り飛ばされたところで、怯んだりしない。

暗がりの中、永雪は憂炎のくろぐろとした双眸を睨みつけた。

「私は真実が欲しい。このままでは終われないんです。あなたが何かご存知なら、全部吐いてもらう」

「そんな義理はない」

「暁飛天の正体をばらされてもいいんですか？　あなたはその格好で、宮廷のことをいろいろ調べてるんでしょう」

「…………」

憂炎はそれとわかるほどの舌打ちをする。わざとそうしているのではなく、おそらく、本気で腹を立てているのだろう。

やはりこの仮の姿こそが、彼の弱点だったようだ。

「まったく……どうしてわかった？　やはり顔か？」

諦めたように肩の力を抜き、憂炎は松の木に寄りかかった。

「いえ」

「む……違うのか？」

憂炎は己の顔が美しく目立つ点に自信があるのかもしれなかったが、永雪はそこまで気に留めていなかった。

「国王陛下と碁を打つような大事な席に、一介の劇団関係者が呼ばれるわけがない。それで、そこにいたのは二人ではなく一人だったと思い当たったのです」

「呼ばれることもあるぞ。祥妃様を見よ」

「それは姉君だからでしょう」

はあ、と憂炎は演技がかったため息をついた。

「つくづく可愛げのない。では、なぜ私を狙った？　よもや、私が下手人とでも勘違いしたのではあるまいな」

「それはまだ、わかりません」

「何だと？」

「暁飛天はそこそこ信用していますが、私にとって、祥憂炎は未知の人物です。あなたが飛天を演じていたのなら、よけいに信じ切れない」

「うん、悪くはない。大間抜けから間抜けくらいには成長したようだ」

嫌みを言いながら、憂炎は残された顎髭を撫でる。どうせそれも偽物だろう。

「だけど、犯人が誰であろうと、その場に居合わせたならば、父がどうして殺されたかは知っているはずです」

「それを私に尋ねてくれるとは、ある意味信用はしてくれているのか？」

くくっとふざけた調子で笑った憂炎は、冷静な目で永雪を見下ろした。

「それはあなた次第です」

「真実を知れば、宮女をやめるか？　これ以上ここにいるのは、おまえのためにならぬ。危ない橋を渡るのはよせ」

「納得のできる理由だったら」

「──ならば、教えてやろう」

　憂炎は尊大な調子で口を開いた。

「柏懐宝は、向寒殿の囲碁の師として招かれた。おかげで向寒殿はめきめきと腕を上げられ、宮廷で敵うものなしとなった。それで、彼は国王陛下に引き立てられるようになったが、将軍である建康殿の疑いを買った」

　淡々とした口ぶりからは、彼の感情は窺えない。

「疑いとは？」

「建康殿は、向寒殿が懐宝のようなよそ者を呼んで、陛下のお命を狙っているのではないかと言いがかりをつけたようだ。実際、その日は陛下にご挨拶をする予定もあったからな」

「父が、そんな名誉な場に……」

　陰謀の場所であると知らぬ懐宝が、どれほど胸を高鳴らせてその場に居合わせたかは不思議ではない。

　それを思うと、ただ胸が痛んだ。

「とはいっても直接は同席できぬ。まずは四阿にいらした陛下に向寒殿との対局を見ていただく。陛下がお望みになれば、改めて対局を取り計らうという段取りだった。衛兵もいるし、何よりも、懐宝はあのとおりただの農民だ。誰もが、それで問題ないだろうと踏んでいた」

だが、違ったのだ。

憂炎の言葉は、それを示唆している。

「建康将軍の疑いに応じて抜き打ちで調べると、懐宝の荷物には短刀が入っていた。宮廷では衛兵以外が武器を持つには許可がいる。それを破れば重罪だ。よって、そこで懐宝は、向寒殿によって斬り捨てられた」

「そんなことで、ですか⁉」

「止める間もなかった」

憂炎の表情には、沈鬱な色が漂っていた。

「懐宝は腕がよかったとはいえ、単なる碁打ちだ。春には村に帰る田舎者を殺したところで、誰の益にもならぬ。逆に言えば、そんな人間のために事件の裏を調査するものもいなかった。一応、宮廷の四阿を血で穢した向寒殿は十日ほどの謹慎を命じられた」

「え……それだけですか？」

人を一人殺めておいて、その程度の罰しか与えられないのか。

「ああ。だが、向寒殿は体裁を繕うべく、懐宝の家族を処刑せよと触れを出したはずだ。自分を謹慎させた相手に復讐するのが、向寒殿のお人柄だ。恥を掻かされたら必ず逆襲をする。己に対する恐れを相手に植え付けることで、彼は自分の地位を保ってきた」

憂炎はそら恐ろしいことをあっさりと言ってのけた。

「以上が真相だ。すべてがわかったのであれば、これで諦めよ」

「だけど、それじゃ義なんてどこにもない！」

「義などそう簡単なものではない」

ぴしゃりと断言されて、永雪は身を竦ませた。

「陛下にも重用される向寒殿や建康将軍を敵に回しては、おまえの命はそれまでだ。父親の二の舞を演じるつもりか？」

冷たい言葉だった。

あれほど望んでいた真実が手に入ったのに、これでは無意味じゃないか。

父は無駄死にだったと知らしめられただけだ。

「懐宝はとうに死んだ。事件はこれで落着したんだ」

反論の言葉もなく、永雪は唇を噛み締めた。

せっかく、村長や呉師父が与えてくれた命だ。このまま、おめおめと失っては意味がない。彼らにも迷惑がかかる。

——それでも。

それでも、己の胸に燃え盛る焔を消せないのだ。

「納得できない！」

永雪は思わず声を上げていた。

大声になってしまったために慌てて周囲を見回したが、人の気配はない。

おそらく、飛天——いや、憂炎のはからいだろう。

「なぜだ？」

「父は一介の農民です。碁は上手いけど政になんて興味もないし、国をよくするとか生活をよくするとか、難しいことは考えません。だからこそ、囲碁が強くなった。ただただ囲碁が好きだったから……」

「だから？」

「そんな父が、禁止された短刀を持ち込んでまで何かしようとするわけがないんです。誰かに嵌められたに決まってます！」

永雪は激昂したが、対する憂炎は冷静なものだった。

「落ち着け。仮におまえの父が陥れられたとしても、この一件にどんな意味があるのか、調べ直すのは不可能だ」

「…………」

「不用意に動いてみよ。向寒殿に嗅ぎつけられれば、始末されるのはおまえだ」

窘められたところで、一度火が点いた心を冷やせるはずがない。

「だって、これじゃ、私たちの命は軽すぎる！　誰だって命は一つしかないのに、相手が農民だからって容易く奪っていいんですか？　もしそうなら、世の中は間違ってる。こんな世じゃ義も何もない！」

「……永雪」

「私はこんな世界は、嫌だ！」

たかだか兎の刺繍を選んだだけで、処刑されてしまった白露。

官吏が私腹を肥やすためだけに、ひもじい思いを強いられた月天宮の宮女たち。

強いもののみが生を謳歌するのがこの世の理なら、それは、理のほうが間違っているのだ。

「――やはりおまえは雪ではないな。とびきりの華だ」

そういえば、先ほど永雪と呼ばれた……。

彼は、永雪の名前を覚えていてくれたのだ。消えるはずだった名を。

「どういう意味ですか？」

聞き返してみたが、憂炎は少し強引に「何でもない」とそれを打ち消した。

「私が偽証をする可能性は疑わないのか？」

「疑いません」

永雪は言い切った。

「なにゆえに?」

短く問われて、永雪は続けた。

「あなたは向寒様を好きではないのでしょう。むしろ、邪魔だとでも考えているのでは?」

「ほう……?」

無論、好悪の感情以前に政のうえでの思惑もあろうが、永雪はあえてそれを無視した。

「だから、今だって、私に餌を撒いた。あなたは私を窘めながら、本当は期待している。何かをさせたいと目論んでいるのでしょう」

何の目論見もなく、憂炎が他者を危険に晒すような情報を寄越すわけがない。

この男は結局のところ、懐に入れた人間を大切にするからだ。

「あながち、間違ってはいない」

憂炎は目を細めた。

「向寒殿を蹴落とすために利用されてもいいと、おまえは申すのか」

「はい」

自分の顎のあたりに手をやり、憂炎は空を見上げる。

つられてそれに従うと、空には数々の星が煌めいていた。

それぞれの星は、人の運命を示しているのだろうか。

「ならば、知っていることを多少教えてやろう」

――やはり。

憂炎は、永雪が予想する以上にずっと曲者だ。

永雪よりも年上で、宮廷を長く泳いできたせいもあるのだろうが、もともとの彼の気質と生まれがそうさせるのか。

「懐宝が薬園に出入りしているとは、私も聞いていた。向寒殿は主に薬園を管轄している大臣だ。寝泊まりに、そちらを手配していたらしい」

「そうでしたか……父は薬草に関しても目利きでした。薬に囲まれていたのであれば、そのほうが自宅のようで気が楽だったと思います」

「ただ、そこで誰と接したか、何を話したか、そういう詳細はわからぬ。すまぬな」

「……いえ」

永雪は首を横に振った。

だが、彼はそこまで調べてはくれたのだろう。それ以上を探れば、今度は憂炎の立場も危うくなるのかもしれない。

「さあ、これで気が済んだか？」

「人を焚きつけておいて、諦めろとでも言うんですか？」

「誓って言うが、真相は知らぬ。しかし、おそらくありふれたものだろう。人間はいたって単純な生き物だ。この宮廷で起きるできごとは、たいていが、十年も百年も変わらぬ人の営みにほかならぬ」

「…………」

「それに、おまえは世間を知らなすぎる。特に、宮中は泥の沼だ。踠けば踠くほど、泥に絡みつかれて沈んでいく。上に行きたければ、人を踏みつけていくほかない。こんなところで泥に浸かる必要はあるまい」

諦めろと諭され、むくむくと反発心が頭を擡げてくる。

「――憂炎様は、蓮をご存知ないんですか」

顔を上げて、永雪は憂炎の美貌を真っ向から見据えた。

「何だ、いきなり。蓮の花を見たければ、太液池に行くがよい」

「蓮は泥の中から美しい花を咲かせる。たとえ身体は泥に埋まっていたとしても、上を向いていれば茎は伸び、花は咲く。人もまた、そういうものではありませんか」

「ふ」

突然、憂炎が噴き出した。

「な、何なんだよ、いったい！」

「面白いやつだな、おまえは。己を蓮の花に喩えるとは、ずいぶんごたいそうじゃないか」

そんな意図は毛頭なかったが、そう受け取られても無理からぬ話だった。恥ずかしさから、つい、言い訳をしてしまう。

「あ、あなたが華とおっしゃったんでしょう」

「──よかろう。力を貸してほしいことがあれば、言え」

「どうして？」

いきなり風向きが変わった理由が、永雪には解せなかった。

「わからぬのか？　おまえは暁飛天のみならず、この私を味方につけたんだ」

「でも、私があなたの味方をするとは限らない」

「かまわぬ。命を無駄にしないならな」

打って変わって穏やかな口調で命じられ、永雪は目を見開いた。

「私の命は、私のものだ」

「無駄死にして、私を悲しませるなと言っているんだ」

「な」

思わず頬が熱くなる。

赤の他人に、そんな約束をさせられる義理はない。

「どうした、赤くなって」

「だって……私はあなたとは他人です。私が死んだら悲しいんですか？」

「目をかける相手がいなくなれば、悲しむのは当然だ。それに、おまえは小僧の分際で義などと大口を叩いたんだ。それならば見届けてやりたいに決まっている」

「…………」

それだけ？

本当にそれだけのことか。

だが、自分は何に対してそれだけなのかと落胆したのだろう……？

「さあ、話が済んだなら戻れ。いい加減、おまえたちの上司に怪しまれる」

「はい」

「何かあれば、稽古場に来い。伝言を残すといい」

「わかりました」

胸の奥が疼くようで、永雪は衣の上からそこを押さえてみる。まだ聞きたいことはあったが、自分でも何がもやもやするのか判別できない。

仕方なく永雪は身を翻し、自分の暮らす月天宮へ小走りで向かった。

走るなと注意されると思ったものの、意外にも、憂炎は何も発しなかった。

薬園からは、やはり、嗅ぎ慣れた匂いがする。

かなり遠回りではあるものの、永雪は薬園の前をわざわざ通ってから書物庫へ向かうのがこのところの日課になっていた。

書物庫に顔を出すと、入り口で執務中だった夏雨が笑顔を見せた。

「憐花さん」

仕事中のはずなのに、夏雨は何か書物を読んでいたらしい。つくづく、自由な職場は夏雨に合っている。

「こんにちは。今、ちょっといい？」

「はい。今日も囲碁の本ですか？　それとも龍門帳？」

「どっちでもない……少し難しいんじゃないかとは思うんだけど……」

永雪が言い淀むと、夏雨は察してくれたらしい。

「こっちの書庫には整理していない書類があるんですよ」

素早く立ち上がった夏雨は、いつもと違う部屋に案内してくれた。幸い誰の姿もないので、ここでなら用件を話せそうだ。

「――じつは、人を捜しているんだ」

声を潜めた永雪に対し、夏雨は小首を傾げる。

「それは珍しい。宦官ですか？」

「いや、この冬に宮廷に来ていた中年の碁打ちだ。大臣様に碁を指南していて、薬園づきの局に宿泊していたのが判明している」

「それは」

夏雨が眉を顰めた。

「何かわかりそうか？」

「申し訳ないけど、だいぶ前ですよね。まるっきり覚えてないです。すみません」

「そう……」

落胆する永雪を見やり、夏雨もしゅんと肩を落とした。

そのあたりは、致し方がない。永雪だって、夏雨が完全に記憶してくれているとは考えていなかった。

「僕、碁についてはてんでだめで」

「それはかまわない。ただ、その人は薬のことをよく知っているはずだ。彼は村で薬を作っていたから」

「……あっ」

そこで夏雨が声を上げた。

「思い出した⁉」

「何となく。ええと……うん、これくらいの背格好で無精髭を生やしてて」

「うんうん」

「日焼けがすごくて、笑うと目がなくなっちゃう」

「そう、それ！」

人から伝えられる父の姿は、自分の記憶の中にある父とは同じようでそしてどこか違っていて、それがとても愛おしい。

「あの人なら、ものすごく薬に詳しくて、僕にもいろいろ教えてくれましたよ。ちょっとした薬草茶の淹れ方とかも」

「へえ」

そんなことまでしていたのかと、永雪は目を瞠った。人生を楽しむ懐宝らしい話だった。

「いつだったかな。仕入れた薬草の仕分けを手伝ってくれて、薬園で育てているぶんでは足りないのかと聞いてました。うちの上司なんか、世間知らずだって笑ってたけど」

「どういう、意味？」

父は確かに世間知らずだったかもしれないが、そこまでではないはずだ。

「薬園は、宮廷で暮らしてる人たちみんなの薬を賄ってるんですよ。そりゃ、足りないぶんは買わなきゃいけないのは当たり前です」

「そうだったんだ……」

きっと懐宝にとって、納得がいかない点があったに違いない。

けれども、それは何だ？

父の目になりたい。耳になりたい。

それを知らなければ、永雪は先に進めない。

「で、それも調べてみたくて……薬園の書類を見せてくれないかな」

「…………」

夏雨は目を瞠った。

「いいけど……危ないことじゃないですよね？」

「夏雨に危ない橋は渡らせないよ」

「僕はいいんです。僕が心配なのは、憐花さんですよ」

「無理はしない」

承諾しかねるらしく夏雨は暫く黙っていたが、「わかりました」と顔を上げた。

「ありがとう！」

「どういたしまして。さすがに持ち出すのは無理ですから、時間のあるときに見にきてください」

「うん！　毎日、少しずつ時間を作ってみる」

「じゃあ、僕も準備をしておきます」

「助かる」

漠然と書類を用意してもらっても、それでは時間がいくらあっても足りない。そう考えると、夏雨にある程度見当をつけてもらったほうがよさそうだった。

◆　◆　◆

碁笥から碁石を取り、一つ一つ打ち込んでいく。

ごつく指が節くれ立った手は、いかにも労働者の手指だ。爪は短く磨り減っており、伸びたことがなかった。

男の頭は、目の前にある碁盤という名の宇宙のことでいっぱいだった。

彼にとって、碁によって紡がれるこの盤面は宇宙にほかならない。

この宇宙を我が物にしたいからこそ、男は碁を打つのだ。

そういう意味では己は誰よりも強欲かもしれない。

たかだか、碁石だけをよすがに世界を手に入れんと企んでいるのだ。

「……あ」

目を覚ました永雪は、自分の目許が濡れているのに気づく。

夢の中で、自分は父だった。

その姿を見ることはできなかったけれども、父の存在を感じられただけでも幸福だ。

子どもの頃、永雪を膝に乗せて父はよく話していた。

碁盤は宇宙であり、自分は勝利の瞬間、世界のすべてを手に入れていると。

強欲でも欲張りでもいい。そうならなければ勝者にはなれない。

永雪にはその気概がないから、碁打ちになるのは無理だと言われていた。

今はその意味が、少しはわかる気がする。

それなら、絶対に諦めない。

真実を、決して。

何があろうとも、必ず、父が殺された理由を暴いてみせる。

永雪はそう心に誓って、再び眠りに落ちていった。

「どうした？　元気がないな」

芙蓉宮からの帰り道に憂炎に問われ、永雪は俯いた。

「最近、夏雨を見ていませんか？」

「ほかの男の話か。興醒めだな」

「そういうくだらぬふりはやめていただけませんか」

「近頃は書物庫に行っていないんだ。おまえの勉強も一段落したからな」

ふむ、と憂炎は付け髭を撫でた。

あれから、五日は経っている。ここまで夏雨から連絡がないのは不思議だった。

「もしかしたら、何か頼んだのか？」

「……ちょっと」

「そうか。俺も夏雨のことは気にかけておく」

「ありがとうございます」

夏雨への頼み事は、彼に負担だったのかもしれない。

明日は彼のところへ出向いて、依頼を取り下げてこよう。自分のせいで夏雨の頭を悩ませているのなら、申し訳なかったからだ。

そんなわけで翌日、永雪は暇を見て書物庫へ向かった。

空は鈍色で、陽射しの気配はまるでない。

夏を前にして長雨が続いているせいか、少し動くとくしゃみが出てきた。

書物庫へ行くと、空気がしんと静まり返っている。入り口には誰もいなかったので、よけいに何だか停滞した場所に見えた。

「すみませーん」

「…………」

「すみません！」

もう一度声を上げると、奥から「はいよ」と一人の男がのそりと顔を見せた。

「ああ、あんたか」

「いつも申し訳ありません。夏雨はいませんか？」

「……知らないのか」

髭の男は、どこか困惑した様子で永雪をまじまじと凝視した。

「知らないって、何を？」

「そうだよな、あんたは宮女か。知る手立てもないだろうな」

「だから、何を」

もしかしたら、薬園についてこそこそ調べているのを宦官に感づかれ、罰されたのだろうか。

「夏雨は死んだ」

「そう……え？　何？」

「あいつなら、死んだよ」

「え⁉」

今、何て言った……？

言葉が耳を素通りしていく。

夏雨が死んだ。夏雨が、死んだ……？

「何で⁉　病気⁉」

「いや、自殺だ。池に飛び込んだんだ」

嘘だ。あの夏雨が自殺なんて、そんなわけがない。

ここでの仕事を楽しんでいたではないか。

「ま、待ってください。池って、どこの？」

「太液池だ。まったく、恐れ多いことをしやがって」

太液池は宮廷に設けられた自然豊かな庭園だが、溺死するほど深いのだろうか？

どうして、自分の命を投げ捨てるような真似をしてしまったのか……。

「なぜ、突然……」

問いかける声が掠れた。

「わからないが、その前に薬園に行ったのはわかってる。あいつ、薬園で虐められてたからな……昔のつらさを思い出しちまったのかもしれない」

薬園という言葉に、ぞくっと背筋が震えた。

「まあ、いいや。あんた、名前は？」

「――馬麟花です」

「確か、あんた宛ての荷物が残ってたな。ちょっと待ってな」

「はい」

男はすぐに戻ってきて、永雪に布包みを差し出した。

「ありがとうございます」

「ひととおり荷物は持ってかれたんだが……これは、あいつの私物ではなくて、そこの棚にあったから気づかなかった。遅くなってすまんな」

持って行かれたという言葉に引っかかったが、そこを追及すると藪蛇になりそうだったので、永雪はぐっと堪えた。

「いえ、いいんです。何もないよりは」

「そうか」

男は瞬きをする。

「まったく、自ら死ぬなんて一番やっちゃいけないことだ。そう思わないか？」

「本当です……」

永雪が頷くと、彼は深々とため息をついた。

「あいつは熱心で覚えがよかったのに、また、新しいのを仕込まなきゃならん。残念だよ」

「はい……」

永雪はしょんぼりと肩を落として歩きだした。

部屋に戻ってから布包みを開けると、中には昨年から過去三年分の薬園の帳簿が入っていた。それから、処方の記録だった。

よく見ると帳簿は写しで、『書写　蕭夏雨』と名前が書かれている。

そういう点が、やけに几帳面だった。

永雪は目を見開き、一文字たりとも見逃すまいと数字を追い始めた。

薬園の金の動きはだいたい一定だ。毎年毎年、上薬から下薬まで、さまざまな薬を購入している。

ちなみに上薬は命を養う薬で、効き目は緩やかで激しい効果はないものの、病気などの症状を和らげてくれる。中薬は体質を変えたり上薬の効き目を増したりするが、処方を間違えると副作用も出る。下薬は効き目が強いが毒にもなりかねない。

当然ながら、下薬を処方することは滅多にない。それだけ危険なものだからだ。

数字は合っているし、おかしいところは表向きはない……と、思う。

なのに、この胸のざわめきは、違和感は何だろう。

もう一度だ。

焦燥の正体を突き止めるまでは、諦めない。

薬園の帳簿は薬ごとに記載されているので、多岐に亘っている。どうやら、在庫管理の書面も兼ねているらしい。

龍門帳の見方なんて、こういうときにちっとも役立たないよなあ……。

永雪は心中で毒づきつつ、大きく目を見開いて帳簿を凝視する。

「ん？」

天仙子。

買いつけの中に、天仙子がある。しかも、一度や二度ではない。

天仙子を薬園で育てているという話が以前に出てきて、夏雨は地道な世話が苦手だったと話していた。

しかし、よく考えると不思議な話だ。

そもそも天仙子は下薬で毒に当たるので、滅多なことでは処方されない。

それを薬園で育成して、なおかつ大量に買いつけるとは。

――おかしい。

これもまた、月天宮で起きた架空の請求と同じからくりではないのか。

もしかしたら、薬園の人間は薬種を売る商人と結託しているかもしれない。

たとえば、薬園で薬を購入するが、実際には支払った費用よりも少なく納入される。もちろんそれはお互い承知のうえで、差額の一部を業者に渡し、残りは自分の懐に入れるのは簡単な手口だ。

天仙子は頻繁に使う薬草でないので、足りなくなる心配はない。そのうえ、薬園でも育てさせているのであれば、収量にばらつきが出るので、全体の保管量に変動が生じても疑われないだろう。収穫高をごまかせば、保管量は調整できる。

ごく単純な不正ではあるが、天仙子が不足することはまずないだろうから、通用してしまう。

父の懐宝は薬草について詳しいし、人々の話を聞いて何かおかしいと思ったのではないか。だからそれを、自分の指南相手の向寒に話したに違いない。父は向寒の部下が不正をしたと考えたのかもしれないが、実際に不正を指示していたのは向寒だった。父を殺害した現場に居合わせた建康将軍は、彼に買収されて口裏を合わせたのではないか。

裏金のために、父は命を奪われたのだ。

そう考えると、辻褄が合う。

――そして、おそらく夏雨も。

ざわりと総毛立つような感覚に襲われる。

ごめん。ごめん、夏雨。全部、俺のせいだ。危ない橋を渡らせてしまった。こんなことを頼んだから、自死に見せかけて殺されてしまったのだ。

既に二人の犠牲者が出ている。何とかして復讐しなければ、彼らの魂が救われない。

なおもじっくり検分していくと、何もかもが杜撰だった。

また、天仙子のほかにも高価な薬草を何度も仕入れているが、その薬草は特殊な病気に使用するので頻繁には使わない。

薬園では大がかりな会計の不正が行われており、それは大臣である向寒の私腹を肥やすためで間違いない。

どうして父を殺したのかは、もう、それでいい。

腸が煮えくり返りそうなのは、誰もその責任を取らないとわかっているからだ。

そのうえ、憂炎の言ったとおりに原因はあまりにもつまらぬものだった。

金だ。

月天宮のときと同様に、誰もが金を求めている。くだらぬ欲望のせいで、父と夏雨は死んだ。

飛天は――憂炎は、あまりにも愚かな真相を察していたに違いない。

人間は金に目が眩む生き物だからこそ、どうせこの一件も根底にあるのは金だと。

「……畜生……」

悔しいのに、どうしようもない。

不正の事実を掴んだところで、いったい何をすればいいのか。これを告発したくとも、握りつぶされるのは目に見えていた。

前回のように、流言めかして紙を配るとか？

しかし、それを愚直に実行しても、誰の目にもわかるかたちで向寒に突きつけなくては、のらりくらりと逃げられてしまうだろう。

だからこそ、単純な告発では通用しない。

もっと逃れようのないかたちで、向寒の罪を暴かなくてはいけない。

今のところ、自分を助けてくれそうなのは憂炎だけだ。けれども、彼もまた宮廷で重責を担う宰相候補であるからこそ、頼れなかった。

だとしたら、飛天は？

当然ながら憂炎は飛天でもあるが、だからといって、飛天は無力なわけではない。

むしろ、彼には自由という憂炎以上の強みがある。

ならば、勝手だけどあの男に賭けてやる。

彼が永雪を見込んだように、永雪だってあの男を見込んだのだ。

「いいなあ、どうして憐花が劇を観に行けるの？」

「せっかくの日なのに、顔色が悪いわよ？　代わってあげようか？」

玄関口で詰めかけた宮女たちに、永雪は申し訳なさそうに、「祥妃様のお供です」と答えた。

今日は宮廷で劇が演じられるため、永雪は飛天のつてで招かれたのだ。

「祥妃様に気に入られて秀女になるって本当？」

「まさか。刺繍もできないのに、それは到底無理よ」

「そうねえ。刺繍が下手で秀女ってのはないわ」

正直、刺繍がまったくできないというのは、永雪にとっては幸いだった。

刺繍も裁縫も不得手では、いくら顔が美しくても宮女として失格だ。おかげで、祥妃に多少贔屓されても嫉妬を向けられることがない。

「今度何かあったら、私も入れてね」

「もう、みんな、憐花が困ってるわよ。早く行かせてあげないと」

彩雅に促されて、皆は漸く永雪を自由にしてくれた。

「じゃあね、憐花。楽しんできて」

彩雅が陽気に背中を叩いたので、永雪は「うん！」と首を縦に振った。

宮廷の敷地内にある暢音閣と閲是楼は、一対で劇場の役割を果たす。

三階建ての暢音閣は舞台で、それを向かい側の閲是楼から眺めるのだ。

無論、身分の低い永雪は閲是楼に入れないので、暢音閣の舞台の袖からこっそり観るようにと命じられていた。

じつのところ、この舞台に永雪を招いたのは憂炎でも祥妃でもなく、飛天だった。

舞台の袖から閲是楼の階上を仰ぎ見ると、一番上の座席には陛下の姿があった。その傍らにいるのは、憂炎だ。

ここから見てもわかるほどに、なんて眩しい……。

仰々しく煌びやかな衣装を身につけたあの国王陛下は、きっと、何も知らない。

ゆえに懐宝、白露、夏雨といった下々の命が摘み取られることにも無頓着だ。

だからこそ、ここで醜い現実を教えなければ、現実は何一つ変わらないだろう。

憂炎は国王の隣におり、抜け目なく周囲に目を配っている様子だ。

高所にいる憂炎が永雪に気づいているのかいないのか、その身のこなしからはまったく予想もつかなかった。

「今日は何を上演するのかしら？」

「ええと、『憂国演戯』ですって」

「聞いたことがないねえ」

「新作だそうよ」

そんな客席の会話が、耳に届く。

やがてけばけばしい化粧をした男性が舞台に上がり、今宵の演目が始まった。

筋書きはこうだ。

宮中に宦官として仕えざるを得なかった少年の臨山。

虐められていた宦官仲間を庇ったため、怒った上官に罪をなすりつけられて懲罰塔へ入れられてしまう。

仲間は臨山の無実を訴えるが、食事を抜かれて餓死させられてしまう。

一方、臨山は仮死状態になったために死んだと誤解され、その死体は塔から捨てられ穴に投げ入れられる。

「俺にも仲間がいた……もう死んでしまったが……」

目を覚ました臨山は仲間の死を知り、復讐を誓う。

宦官としての宿舎には戻れず、臨山は宮廷の闇を暴くことにする。

最初は食費をごまかしていた厨を告発し、頭目の宦官を引退に追い込む。

次に臨山が目をつけたのは、薬園だった。

国王に仕える薬師たちは商人と結託し、与えられた金を使い込んで不正を行っていたのだ。

「ああ、嫌だ……あの宦官連中、憎たらしいったら！」

「宦官だけじゃないわ。大臣がふてぶてしくて誰かさんにそっくり」

「臨山、頑張って！」

飛天が書いた台本は、意外にも内容が濃くて中身が詰まっている。

単純明快だが、それだけに、主人公の臨山に感情移入できた。

「おまえは、事件を揉み消すために宮女を殺したのだな⁉」

「それがどうした」

「なんという悪事を！　生かしてはおけぬ」

臨山が薬師の役者を追い詰め、舞台の上で声を張り上げる。

「はっ！　この程度の悪事、宮廷においては誰でもやっている。青い青い、おまえは清廉すぎるのだ」

居直る薬師に対し、主人公は激怒する。

「我らがいなくなれば、陛下の健康は守れぬ」

「片腹痛い！　陛下が健やかであっても、国が病んでは陛下のためにはならぬ。おまえなど、成敗してくれる！」

そこからは、見事な剣戟の応酬だった。

剣戟の最中に永雪がちらりと国王の隆英の顔を見やると、彼は真剣な表情で舞台に見入っている。

憂炎は相変わらず薄い笑みを浮かべ、舞台の進行を見守っていた。

「どのみち、おまえさえ倒せば我らの仕業は誰にも知られぬ」

「果たして、そうかな？」

主人公は帳面を破くと、それを舞台にぶちまける。同時に、閬是楼にも頭上からひらひらと何かが落ちてきた。

「誰であろうと許さぬ。人の命は使い捨てられてよいものではない！　命は命をもって贖え！」

「ならば、おまえも……」

ごほっと薬師が血を吐き出す。

舞台は血塗れだった。

「俺とて、いずれ天の裁きを受けるだろう。それを厭うつもりはない。血の雨を降らせてでも、この宮中を正してみせる。たとえ、我が命を差し出してでも！」

客席でざわめきが起きたのは、血塗れの凄絶な舞台のせいではない。

「何だ、これは」

「紙吹雪じゃないな」

頭上から舞い落ちてきたのが、紙吹雪ではなかったからだ。

何枚も何枚も、それこそ無数だ。

それは、薬園の帳面の写しで、永雪が夜を徹して写したものだ。

無論、ただ紙を見ただけでは意味が通らないので、朱を入れてどのような不正が起きているか解説まで試みている。

受け取った人を馬鹿にしているのではないかと思ったが、憂炎はそれくらい一目瞭然のほうがいいと考えた様子だった。

「これって……実際の帳面じゃないか？」

「え？　じゃあ、この劇は実話ってこと⁉」

口々に噂する声が聞こえてきて、永雪はぐっと拳を握り締めた。

──よし！

がたーん！

そのとき大きな音が響き、人々の目は閲是楼の上方に釘付けになる。

国王陛下の下の列にいた男が、突然、立ち上がったのだ。座していた場所からいっても、彼が高位の貴族であるのは間違いがない。

でっぷりと太った男は華やかに着飾っていたが、周りの観客を押し退けて走りだす。

「どけ！」

「お待ちください！」

「向寒殿、危のうございます！」

やはり、あれが向寒か！

永雪は目を凝らした。

向寒は身分が高く、陛下と同じく閲是楼の高所から舞台を見物している。階段状になった客席から急いで地面に下りようとしているので、その動きには無理があった。

「誰か、向寒を抑えよ！　これでは怪我人が出るぞ」

国王陛下の玲瓏たる声が、劇場いっぱいに響いた。

「ひいっ」

それは捕縛のためではないのは明らかだったが、誤解をしたのだろう。よけいに恐慌を来し、向寒は椅子を跳び越えようとした。

「向寒様、おやめください！」

憂炎が凛然たる声で呼び止めたものの、逆効果だった。

男はとうとう均衡を崩した。

「きゃあああああああああっ」

姫君や女官たちの悲鳴が上がる。
向寒が客席から足を滑らせ、地面に落下していったのだ。
まるで、鞠が転げ落ちるようだ。
なんていう、無様な……。
これが悪党の姿なのか。
「向寒様が落ちたぞ！」
「医師を呼べ！　薬園に運ぶぞ！」
ざわめく貴族や宦官たちを尻目に、永雪は自分の胸元をそっと押さえる。
これで終わりだとは、当然、思っていない。
それに、これでは父の汚名が雪がれることはない。だが、今はそのときではない。
蒔いた種がどんな花を咲かせるのか、見定めなくてはならなかった。

「先日は大変な観劇になったな」
隆英の言葉に、憂炎はしおらしく両膝を突く。
「申し訳ありません。事前に戯曲の内容と演出を確認しておくべきでした」

無論、憂炎はすべてを知っていたが、黙っておくのが永雪と交わした約束だった。

すぐに調べが行われ、証拠もまとめられていたので向寒は謹慎を命じられた。そのすぐあとに、彼は自害したのだ。

宮廷の膿を出したかったし、劇としてはなかなかの上等な筋立てだった。

これで向寒が死ななければ、希代の名作として何度も上演されたに違いない。

「いや、それはいい」

隆英は首を横に振った。

「しかし、あのような告発文はゆゆしき話だ。劇の作者はわかったのか？」

「劇団に出入りしている飛天なる人物が書いたそうですが、告発文については知らぬと申しております。演出を担当する何者かがよかれとやったようですが、このぶんでは白状せぬでしょう」

「ふむ。短いあいだでそこまでの調べ、さすが憂炎だな」

「……は」

頭を下げた憂炎は薄く笑んでいたが、その表情を隆英が見ることはなかった。

「この件、おまえはどう処理する？」

「宦官も官吏も、この一件では震え上がっております」

そこで憂炎は言葉を切り、更に続けた。

「陛下が放った密偵が、官吏や宦官の不正を調べているのではないかと言うものもおります。これを利用しない手はありません。薬園では実際に大規模な不正が行われていた模様なので、徹底的に追及させます」

「うむ」

隆英は頷く。

「そなたの言うとおりだな。おかげで薬園の不正をあぶり出せよう。近日中に、薬園を担当する大臣を選ばねばならぬ」

「はい」

「しかし、向寒の世代では最早候補がおらぬ。このあとは、若手の貴族から選ぶほかないか」

「世代交代は世の常。それがよいと存じます」

憂炎は頭を下げた。

「薬園に関しては、信用している宦官を差し向けております。早晩、結果が出るので、またご報告いたします」

「結構」

満足げな隆英の様子に、憂炎はほっと息を吐く。

永雪が書いてきた筋書きは穴だらけだったが、劇として落とし込めそうだったので引き受けてやった。

これほど派手な告発劇は、暘国始まって以来の椿事ではないのか。

憂炎としては、今回の策に乗ってやる義理はなかった。しかし、夏雨が自死したことにされたのが憂炎にも許せなかったのだ。

「……まったく」

「何か言ったか？」

「いえ……劇自体はなかなか面白かったものですから」

「それは言えるな。できるなら作者は罰したくないな」

「心しておきます」

憂炎は微笑んだ。

永雪は知るまい。

自分で台本を書いたとはいえ、劇を観ているあいだ、血が沸き立つような感情に襲われたのだと。

永雪はとんでもないやつだ。

田舎者で大した学もないし、武術もからきしだ。だが、その身には不屈の精神が宿っている。だからこそ、見惚れてしまうのかもしれない。

同じ男だとわかっていても、惹かれてしまう。

そう、確かに惹かれているのだ。

己の心を奪われてしまった。

胸を焦がすこの思いを打ち明けたら、あの美しい少年はきっと笑うだろう。

なのに、それすらも心地好いと思えるのだから、我ながら愚かな話だった。

暘国での処刑は、街角に首が晒される決まりになっている。

向寒は処刑こそ免れたものの、不正に荷担したものたちは縛り首になった。向寒は職を解かれ、生涯自宅にて謹慎して暮らすよう命じられた。

社会的には抹殺されたも同然で、向寒はそれに耐えられずに死を選んだという。

そこまで見届けたのだから、これでもう、永雪に思い残すことはない。

あとは、今夜にでもここから逃げ出すつもりだったものの、一つだけ確認しておきたいことがあった。

憂炎を呼んだのは、以前と同じ、廃屋同然の宮殿だった。

「待たせたか」

憂炎の美声が響き、永雪は振り向く。

「いえ、ちっとも」

苦笑した憂炎が無言で永雪の双眸を見つめてきたので、永雪は本題を切りだした。

「向寒様はお亡くなりになったとか」

「ああ。屈辱のあまり自死なさったとか」

「できるなら、首を斬ってほしかった。それを見ながら祝杯を挙げたかったのに」

永雪は笑みを浮かべる。

「祝杯なんて、おまえはまだ酒が呑めないだろ？」

「言ってみたかっただけです」

「やれやれ、おまえは子どもなんだか大人なんだかわからぬな」

憂炎は肩を竦め、永雪をじっと見つめた。

「それでは、用向きを答えよ」

「あなたは、恐ろしい人ですね」

「私が？」

「月天宮の会計の問題のとき、やけに親切に首を突っ込んでくると思ったら、あなたは私に練習をさせたんでしょう。どうすれば、上手い具合に流言を広められるかを実践で教えた」

そう考えると、前回の親身な対応に辻褄が合う。

憂炎は善意のみで、永雪に力を貸したわけではなかったのではないか。

「それで向寒殿を告発させようとしたと？　発想は面白いが、私はおまえが懐宝の知り合いとは知らなかった」

「嘘ですね」

「……ほう」

「私はかなり以前に、あなたに牟礼の出身だと教えました。あなたはあとから思い出したふりをしていましたが、最初から私の目的がわかっていたのではないですか？」

「大胆な仮説だな。おまえは存外、戯作者としての素養がありそうだ」

「あなたは役者です。素知らぬ顔で私を焚きつけるくらい、簡単だったはずだ」

「かもしれないが、結果的におまえは目的を果たした。それでいいのでは？」

憂炎は涼しい顔だ。

「そういうことにしておきます」

釈然としないものの、お互いの利益は一致し、それなりの結果も得られた。

憂炎は白を切っているが、これ以上の追及は無理に違いない。

ならば、これで幕引きだ。

「おまえはこの先、どうするんだ？」

「どうって、ここから逃げますよ。すべてが終わったんですから」

「………」

永雪の返答を耳にして、憂炎がなぜか黙り込んだ。

「お世話になりました。じゃあ、私は支度があるので」

息苦しいほどの沈黙が戻ってきて、永雪は眉を顰める。

自分は何か間違った答えを返したのだろうか。

判然としないが、ここから逃げると決めた以上は、さっさと動かなくては身の破滅だ。

とにかく、一刻も早く宮廷から旅立つべきだ。

「待て」

別れの言葉くらいくれるのかと思ったが、憂炎が発したのは意外な言葉だった。

「おまえは、これで幕を引けるのか？」

「どういう意味ですか？」

「いくら向寒殿が亡くなったとはいえ、おまえの父親の罪が雪がれたわけではない。それは永劫に消えず、おまえは罪人の子。死罪に値する罪人でもある。故郷に帰るのは無理だと、わかっているはずだ」

「だったら、そうだ……南にでも行きます」

彩雅の生まれた河畔の町を、自分も見てみたい。

一年中あたたかな土地柄なんて、それこそ夢のようだ。

だが、思い描く旅の光景は、不思議と永雪には現実味がなかった。

「流れ者として生きるのか」

「ええ」

本当はそんな気持ちは毛頭なかったが、こうなっても自分の身の振り方を思い描けない。

ただただ、胸中で燻る情念がのたうつだけだ。

「よせ。おまえの焔はそれでは消せぬ」

「……何と？」

「おまえの中にある情熱を、ここで有耶無耶にするな。それでは興醒めだ」

「じゃあ、何？　ここに残れっていうんですか？」

「そうだ」

「ここにいてはならぬとおっしゃっていたくせに、どうして」

憂炎は少し困ったように眉根を寄せる。彼の美しい容に憂いの色が滲み、それを見せつけられた永雪はどきりとした。

「言わせるのか」

「言わせるも何も、言葉がなければわかりません」

「であれば、端的に述べよう。私のために、この宮中に留まってほしい」

「どういう……」

それこそ、まったくもって意味不明だった。

「──幼い頃、家に仕えている婢の子と仲良くなった。彼は私が知らぬことをたくさん教えてくれて、私には身分違いの兄貴分のような存在だった。ある日、芝居小屋に潜り込んでこっそり芝居を見ようと誘われた。私はそれまで供を連れずに出かけたことはなかったが、言いつけを破って彼と二人で外出した。大冒険はとても楽しく、私は夢中になった」

いきなり身の上話をされても、永雪は呆然と聞き入るほかない。

「よくある話だろう？　家のものが捜しに来て、連れ戻されたんだ。私は軽く叱られただけで済んだが、彼は顔のかたちが変わるまで殴られて、そして、その怪我がもとで死んだ」

「え⁉」

「両親は婢に一両を払って、彼女を解雇した。それで終わりだ」

「…………」

憂炎はそこで一度、言葉を切った。

「あのときから、おかしいと思っていた。この国は変だと。おまえと私の命は同じ価値がある。なのに、そう言ったら私はたいそう叱られた。二度と口にするな、と。しかし、そう言えない世の中は間違っているのではないか？」

ああ、そうか……。

美しい顔に聡明な頭脳。誰もが羨む家柄。それらを備えながらも、憂炎は自分の考えを打ち明ける相手がいなかった。

それがおかしいと表明すれば、彼は逆賊も同然だ。

この国の在り方に、疑義を持ち出すのだから。

「私は国を変えたいと願い続けていた。一人ではなし得ぬからこそ同志が欲しかったが、貴族は今の体制を受け容れている。かといって、庶民もただ吠えるばかりで行動力がない。これまでに己の手で何かを成し遂げようとする人物は、誰も見つからなかった」

だが、今は違う。

彼の言葉は、そのように続くはずだ。

「私が、そこに現れた？」

「そうだ。おまえこそが、私の同志にふさわしい」

「どうして……」

勝手に決めつけられても、どのように反応すればいいのかわからない。

「おまえの抱く焔だ。おまえは冷静に見えて、その焔を隠さない。義を求めるおまえが燃やす怒りの焔は、人の心を奮い立たせる。私は自分こそが炎になれると思っていたが、おまえには敵わぬ」

「私はそこまで怒りっぽくありません」

「混ぜっ返すな。私は真剣に話しているんだ」

窘められて、永雪はぐっと黙り込んだ。

「おまえは父のため、夏雨のため、そしてほかのもののために心から怒れる人間だ。そんなふうに、人のために斯くも苛烈に己の心を燃やせるものは、この時代には珍しい。だからこそ、おまえの焔は私の……人の心を焦がす」

ずるい。

憂炎は、すごく、ずるい。

そんなことを言われたら、こっちだって乗せられてしまうかもしれない。

引き摺られたりしないようにと、永雪は自分の両方の掌をきつく握り締めて爪を立てた。

「おまえはこれから、ますます多くの人を惹きつけるだろう。その天性の素質は、私が最も必要とするものだ」

「ここに来てから背がずいぶん伸びました。これ以上ここに留まるのは、無理です」

掠れた声で、永雪は彼の情に訴える。

気を抜くと、憂炎の壮大な夢に呑み込まれてしまいそうだ。

ここで踏み留まらなくては。

「無論、そういう意味での危険は冒させない。宮女以外の道を私が用意する」

「まさか、宦官とか？」

「それはない。手始めに、おまえを陛下の寵姫（ちょうき）にする」

顎（あご）に手を当てて考えながら、憂炎はそんなとんでもないことを口走った。

「……は？　寵姫って女の子の役割だろ？　俺は……」

驚愕（きょうがく）のあまり、言葉遣（ことばづか）いが乱暴になってしまう。

ずっと女性の格好でいたから、憂炎はこちらの性別を忘れてしまったのだろうか。

「安心しろ」

誰かに聞かれたくないのか、憂炎はあっさりとそれを遮（さえぎ）った。

「あのお方は、房事（ぼうじ）に関心がない。妃（きさき）は妃で愛しておられるが、最低限しか触（ふ）れたくないのだ」

「だって、子どもを産めなければ、妃としての地位だって低くなる。意味がないでしょう」

「そこは何とでもなる」

憂炎は澄（す）ましたものだった。

「おかしいよ、そんなの……」

「陛下は自分の心に入り込んだ方を大切にする。おまえに心惹かれたなら、おまえの望みを叶（かな）えようとするだろう」

「え……待ってよ、それって陛下を利用するってこと!?」

それこそ、とんでもない発言だった。

斯様な発言をできるとは、憂炎こそがまさしく逆臣ではないか。

「ゆくゆくはな。おまえなら、きっと陛下のお心を捉えられる。少なくとも顔立ちは、あの方の好みだからな」

憂炎はそう告げ、改めてその白く細い指で永雪の手に触れる。

冷たい手だった。

「だって……俺で、いいの……？」

その望みを叶えれば、永雪もまた逆賊に堕するのだ。

「おまえしかいない。おまえこそが、私を熱くする。おまえと共に進めるのであれば、私は何でも成し遂げられるはずだ」

そんなに熱っぽく言われたって、困惑してしまう。

どうすればいいのか、わからなくなってしまって。

「でも……」

「仕方ないだろう。じつのところ、私だって己の気持ちに困っている。だが、私はおまえの人となりに惚れたんだ。惚れた相手と二人で夢を見たい。それの何が悪い？」

低い声で紡がれたそれは、風に紛れていたが確かに永雪の耳に届いた。

「……は!?」

この男、いったい何を口走っているのか。

「正気……？」

「正気だ、自分でも残念ながら」

信じられない。

誰もが憧れる祥憂炎が、よりにもよって自分を好きだと言っているのか。

嘘に決まっている。

あり得ない話だった。

「だからって……俺は、べつにあんたのことは何とも……」

「気持ちを返せとは言わぬ。そんな小さな男ではないつもりだ」

「あんたは、俺をいいように使ったじゃないか。このあいだの劇は、俺にとっては命がけの大冒険だった！」

「そうだ」

憂炎は静かに頷いた。

「私はおまえを愛いと思うが、そのおまえですら、己の大望のための供物にできる。それが嫌なら、私を見捨ててどこへなりと行け」

頬がかっと火照ってきて、永雪は思わず憂炎の手を振り解いた。自分の感情の揺れを、憂炎に知られたくなかった。

なんて恐ろしいやつなんだろう。

永雪に惚れたと言いながら、それだけではない。彼は愛する相手ですら、あまりにも遠大な野望に捧げられるのだ。

仮に国王の寵姫になったとしたら、永雪は隆英のものになるのに？

その台本を平気で書けてしまう憂炎のほうこそ、胸の奥で冷たい焔を燃やしている。

やめたほうがいい。

憂炎は自分の手に負えない男だ。

こんな相手と組んだって、破滅は目に見えている。

——なのに。

なのに、悔しいくらいに心惹かれてしまう。

こんなのは、ずるい……。

「嫌か？」

「嫌じゃないけど……だけど……俺が失敗したらどうするの？」

「それでもいい。惚れた相手に賭けるのは、男冥利に尽きる」

「なんで、俺なんだよ……」

生まれも育ちもまったく違う年上の男。

美しすぎるほどに煌びやかな相手に好きだと言われても、混乱しか生じなかった。

「わからない。どうしておまえなのだろうな」

その呟きは、憂炎の心からの疑念のようでもあった。

「だが、こうなった以上は、何があっても私がおまえを守る。だから、手を貸してくれ」

憂炎が深々と頭を下げた。

「見返りは？」

「楽土を作る」

顔を上げた憂炎は、澄ましたものだった。

「楽土……」

「誰もが幸福に生きられる国を、おまえに捧げよう。それくらいの見返りがなければ、おまえだって命の賭け甲斐がないだろう」

「命を賭けさせるつもりか？」

「それはそうだろう、恐れ多くも陛下を謀るんだ」

確かに、知られたら死罪もやむなしだ。

……畜生。

ここで自分の冒険は終わる予定だったのに、とんでもない男に出会ってしまった。

なんていう悪縁なんだ。

でも——仕方がない。

一度目を閉じた永雪は深呼吸をし、そして目を開ける。

「――いいよ」

「え？」

憂炎は目を丸くする。

永雪が承諾するとは、まったく考えていなかったとでも言いたげだった。

「自分で誘っておいて、どうしてそんな顔をするんだよ？」

「それは……その、必死だったからだ」

「あんたが、必死？」

「気づいてないのか？　これは私にとっても、大きな賭だった。しかし、まさかおまえが本当に首を縦に振ると思わなかったんだ」

この自信満々な男に、斯くも謙虚な発想があったのか。

なぜだかおかしくなってしまう。

「けど、いくら何でもいきなり寵姫になるのは無理だよ。宮女はともかく、秀女くらいじゃないと」

「ならば、芙蓉宮に入れ。そこで秀女として働き、姉君を訪ねた陛下に見初められるがいい。おまえならすぐに、寵姫から妃嬪になれるだろう」

そういう問題なのだろうか。

陛下に見初められろというのは、かなりの難関だった。そのうえ、問題は山積みだ。

「それじゃ、いざというときに祥妃様にも累が及ぶじゃないか！」

「だからこそ、姉君には悟られるなよ」

「な……」

あまりの無理難題に頭を抱える永雪を見やり、憂炎は薄い唇を綻ばせる。

「いいじゃないか。こういう無謀な決断をするのも、人生に一度だけだ」

「一度きりを、俺に使うのか？」

「おまえにすべてを賭ける」

呆れたことに、憂炎は断言してのけた。

「人はただ生きるだけの存在ではない。その生に意味がなくてはいけない。少なくとも、本人にとっては。私は、民がそれを感じられる国にしたい。しかし、それは私一人ではなし得ぬことだ。強い天運に恵まれたものにこそできる。おまえは宮中で私に出会い、こうして目をかけられたこと自体が幸運だと思わないか？」

「……大した言い草だ」

けれども、それは——なんて力強さだろう。

心を震わせ、永雪を酔わせてくれる。

永雪の胸に火を点す。

おそらくこの先、こんなにも恐ろしく冷酷で、それでいて優艶な男には出会えないだろう。それだけは、永雪にもはっきりとわかる。

少なくとも憂炎は、自分の人生を賭けるに足る相手だ。

「私と同じ道を歩むのは、嫌か？」

「――嫌じゃない」

永雪は首を横に振る。

「だったら、俺があんたに夢を見せてやるよ」

憂炎は真剣なまなざしで、しっかりと永雪を見つめ返す。

「喜ばしい約束だな。では、おまえをいつか華妃と名乗らせよう。おまえよりも艶やかで、そして火花のように美しいものはいない」

約束はたった一つ。

暘国を民のために、変える。

その野望に、お互いの運命を捧げるのだ。

ならば、誓おう。

すべてを犠牲にしても、最後に己の命を磨り潰しても、絶対にこの大望を叶えてみせると。

それこそが、永雪にとっての天命だ。

「じゃあ、これから俺たちは同志だ。よろしく、憂炎」

「ああ」

己の内心の誓いを知ってか知らずか。

永雪を見つめる憂炎の瞳(ひとみ)は、あたかも焔を映したかのような輝(かがや)きを放(はな)っていた。

あとがき

こんにちは、あるいは、はじめまして。和泉桂です。

まさか自分が角川ビーンズ文庫さんで書かせていただける日が来るとは、夢にも思いませんでした。巡り合わせというのはすごいな、と思います。

今作はもとは違う設定の作品だったのですが、諸事情からそのままではないほうがいいという話になり、二転三転あって大きな方向転換を遂げました。かなりの大技で大変でしたが、世界観に没頭して書けてとても楽しかったです。

永雪（憐花）と憂炎（飛天）は、お互いに氏素性を隠しており、秘密があるからこそ強く結ばれるバディになったのではないでしょうか。私のお気に入りは祥妃です。

どこの時代とも決めずに書いているので、ふわっと読んでいただけると幸いです。ただ、すべてを自分で考えるのは無理で、詩などは古典を引用しています。ちなみに、一番苦労したのは名前や地名のつけ方です。これればかりは毎回頭を抱えます。

このような事情もあり、イラストの未早様には大変ご迷惑をおかけしてしまいました。

それでもなお、とても華麗で目を惹くイラストを描いていただけて感激しております。本当にありがとうございました。

また、担当してくださった中野様、校正の皆様、編集部ほか関係者の皆様に厚く御礼申し上げます。

何よりも、この本を手に取ってくださった読者の皆様に感謝の念を捧げます。少しでも楽しんでいただけましたら、それに勝る喜びはありません。

またどこかでお目にかかれますように。

和泉桂

【主な参考文献（順不同）】

二階堂善弘著『中国の神さま　神仙人気者列伝』平凡社
津谷原弘著『中国会計史』税務経理協会
于倬雲編集、田中淡訳、末房由美子訳『紫禁城宮殿』講談社
賈英華著、林芳監訳『最後の宦官秘聞　ラストエンペラー溥儀に仕えて』NHK出版
王泉根著、林雅子訳『中国姓氏考　―そのルーツをさぐる―』第一書房
川合康三著『新編 中国名詩選（下）』岩波書店

「偽りの華は宮廷に咲く」の感想をお寄せください。
おたよりのあて先
〒102-8177　東京都千代田区富士見2-13-3
株式会社KADOKAWA　角川ビーンズ文庫編集部気付
「和泉　桂」先生・「未早」先生
また、編集部へのご意見ご希望は、同じ住所で「ビーンズ文庫編集部」
までお寄せください。

偽りの華は宮廷に咲く

和泉　桂

角川ビーンズ文庫　23972

令和6年1月1日　初版発行

発行者――山下直久
発　行――株式会社KADOKAWA
〒102-8177　東京都千代田区富士見2-13-3
電話 0570-002-301（ナビダイヤル）
印刷所――株式会社暁印刷
製本所――本間製本株式会社
装幀者――micro fish

●お問い合わせ
https://www.kadokawa.co.jp/（「お問い合わせ」へお進みください）
※内容によっては、お答えできない場合があります。
※サポートは日本国内のみとさせていただきます。
※Japanese text only

ISBN978-4-04-114277-6 C0193 定価はカバーに表示してあります。　◇◇◇